ROMAIN SANS JULIETTE

DU MÊME AUTEUR

Essai

Les Grands Moments littéraires de Normandie du XVIIIe siècle à nos jours, Corlet, 1981, couronné par l'Académie française

Biographies

Mandrin, le voleur d'impôts, Tallandier, 1983, couronné par l'Académie française
Jacques Cartier, de Saint-Malo au Saint-Laurent, Editions maritimes et d'Outre-Mer, 1984 et Grand West poche 2013
Bertrand Du Guesclin, connétable de France, Tallandier 1992 et Grand West poche 2013
Dumont d'Urville, le dernier grand marin de découvertes, Glénat, 1995
L'Enigme Lapérouse, Tallandier, 2004

Nouvelles

La Normandie raconte (en collaboration avec Michel de Saint-Pierre, Jean de La Varende, André Druelle...), Le Cercle d'Or, 1975
Hantise ou scènes de la vie ordinaire, Maître Jacques, 1999

Romans

L'Ile, éditions Syndicales, 1972
L'Arbre déraciné, Le Cercle d'Or, 1975
Au-delà de la fin du monde (en collaboration avec Grégoire Brainin), Le Cercle d'Or, 1978
Il était une fois un monstre, Corlet, 1981
Claudius ou les beaux jours, Ramsay, 1987, et Pascal Galodé éditeurs, 2014
Soleils gris, Filipacchi, 1991
Les Deux Vies de Marie Salmon, Tallandier, 1994
Heloa, la passagère clandestine, Glénat, 1997
Marie sans terre, Presses de la Cité, 2003
Les Anges maudits de Tourlaville, Presses de la Cité, 2004
Les blés seront coupés, Presses de la Cité, 2005
Une mère en partage, Presses de la Cité, 2006
Un homme bien tranquille, Presses de la Cité, 2008
Le Fils du terre-neuvas, Presses de la Cité, 2009
Isabelle ou le crépuscule des Guanches, Presses de la Cité, 2010
Sous l'ombre des pommiers, Calmann-Lévy, 2011
Le Secret du docteur Mériaux, Y. Bocaj, Presses de la Cité, 2012
Meurtre au château, Presses de la Cité, 2012

Yves Jacob

ROMAIN SANS JULIETTE

Roman

Terres de France

PRESSES DE LA CITÉ

ISBN 978-2-258-10952-0

Presses de la Cité | un département **place des éditeurs**

place des éditeurs

A mon fils Eric qui m'a fait découvrir
quelques-uns des visages de la Thaïlande.
A Christiane et Roger Jacob qui sauront pourquoi.

Je t'aime comme le soleil aime le sable.
Je t'aime, et aussi j'aime t'aimer.

Henri DE MONTHERLANT,
La Reine morte

L'absence n'est-elle pas pour qui aime la plus certaine, la plus efficace, la plus vivace, la plus indestructible, la plus fidèle des présences ?

Marcel PROUST,
Les Plaisirs et les Jours

L'enfer, c'est l'absence éternelle.

Victor HUGO,
La Fin de Satan

PREMIÈRE PARTIE

1

Février 2008

L'Airbus en provenance de Doha atterrit sur le tarmac de l'aéroport international Suvarnabhumi de Bangkok à 16 h 05, heure locale. Une chaleur étouffante m'accueillit, alors que j'avais quitté la Bretagne, puis Paris, sous la neige et le verglas. Il me fallut du temps pour m'orienter dans cet aéroport moderne bâti sur des marais asséchés. Une foule dense et bigarrée circulait dans le vaste hall des arrivées ou s'agglutinait devant les bureaux de change, les distributeurs de billets, l'office de tourisme, le comptoir d'informations et le bureau de la *Tourist Police.* Mes bagages récupérés sur le tapis roulant, je pris un plan de la ville distribué gratuitement au comptoir d'infos, puis je me dirigeai vers la sortie. Au passage, dix fois, sinon davantage, des rabatteurs m'accostèrent, souhaitant me conduire à mon hôtel ou en tout autre lieu, moyennant, selon eux, une commission défiant toute concurrence. Je déclinai leurs offres enjouées, la Thaïlande ayant été baptisée à juste titre le Pays du Sourire. Je leur précisai, dans un anglais basique, que l'on m'attendait dehors où une armée de taxis, de bus et d'écriteaux, signalant les noms des hôtels et autres destinations, guettait les voyageurs. L'un de ces écriteaux, brandi par un bras puissant et immense dont je connaissais le propriétaire, portait mon nom : Romain Le Garrec. Je poussai un soupir de soulagement. Que serais-je devenu, seul, égaré dans cette agglomération de douze millions d'habitants, sans la présence de mon vieil ami Pierre qui m'avait invité à l'y rejoindre pour une semaine ?

Je me dirigeai rapidement vers lui. Nous nous étreignîmes avant de gagner sa Chevrolet garée à plusieurs centaines de mètres de là. Un instant plus tard notre voiture fut engloutie dans un flux ininterrompu de véhicules de toutes sortes. Nous n'avions jusqu'alors prononcé que les quelques mots d'usage que l'on échange lorsqu'on ne s'est pas vus depuis longtemps : Tu vas bien ? Tu as fait bon voyage ? Tu n'es pas trop éprouvé par le changement d'horaires ? Questions auxquelles on répond par politesse, mais qui ne méritent guère qu'on s'y attarde.

Les mains rivées sur le volant, Pierre scrutait la route.

— Tu vois, ici, le danger est partout, grommela-t-il de sa voix caverneuse. Nous sommes dans une énorme mégalopole et, quelle que soit l'heure, la circulation reste intense. Les encombrements parisiens ne sont rien à côté. Néanmoins on s'habitue. Tu verras, Bangkok est une ville foisonnante, exténuante et fascinante. Comme tu le sais, j'ai choisi d'y résider six mois de l'année et je ne pourrais plus m'en passer.

Il balaya d'un index boudiné les trottoirs encombrés d'éventaires et de marchands encadrant l'avenue où nous roulions.

— Regarde, nous sommes dans une des villes où la pollution est la plus élevée au monde, et pourtant les gens y flânent. Ils ne semblent jamais pressés.

— C'est vrai, c'est surprenant.

Un petit rire fila entre les lèvres de mon ami.

— Et tu n'as pas fini d'être surpris. Tu verras, nous sommes dans l'univers de Bouddha, tous tes repères seront bientôt chamboulés, et toi qui es reconnu comme un écrivain à succès, tu vas pouvoir encore élargir ta palette créatrice !

Ce fut à mon tour de sourire.

— Pierre, tu ne changeras jamais. Premièrement, je vis honorablement de ma plume, si je puis dire, puisque l'ordinateur l'a remplacée, mais sans plus, et chaque fois que j'entreprends la rédaction d'un nouveau roman, je suis pétrifié par l'angoisse. Et puis ce terme d'écrivain à succès ayant une consonance péjorative, je laisse cette étiquette aux plumitifs. Quant à l'âme thaïlandaise, voire asiatique, je n'aurai aucune chance de l'exprimer à l'issue d'un séjour de deux semaines. Tu vis ici depuis des années et tu es la référence en ce domaine. D'ailleurs, les éditeurs parisiens ayant pignon sur rue ne s'y trompent pas : ils rêvent tous de t'avoir dans leur écurie.

Touché par mes compliments, Pierre secoua ses vastes épaules tout en conservant son regard fixé sur les encombrements de la route.

— Vil flatteur, ronronna-t-il, c'est pour cela que je t'aime, et c'est pour cela qu'Aline et moi t'avons convié à nous rejoindre ici.

Il y eut un silence. Pierre trifouilla la radio et une musique thaïe se répandit dans l'habitacle. J'en profitai pour observer mon chauffeur occasionnel à la dérobée.

Calé derrière son volant, on eût dit une montagne. Tout en lui était beau, excessif : sa crinière blanche, à un âge où elle aurait dû être brune, sa figure et son front massifs, ses pommettes saillantes et ses sourcils broussailleux, sa taille gigantesque – près de deux mètres –, des poils fleurissant, dans un désordre bon enfant, dans ses narines et ses oreilles, ses mains immenses, ses cent trente kilos qui auraient pu n'en faire que cent dix s'il avait été plus sportif et moins porté sur les nourritures terrestres, sa voix enfin, profonde, grave, tout à la fois insolite et rassurante pour ceux qui l'entendaient.

Un véritable ami en vérité. Un auteur renommé a un jour déclaré : « Les écrivains ne se lisent pas, ils se surveillent. » Cette formule ne nous concernait pas. J'avais dévoré tous les livres de Pierre, il affirmait avoir lu tous les miens. Nous nous connaissions depuis l'université de Rennes où nous avions poursuivi ensemble des études de lettres qui auraient dû, en toute logique, nous orienter vers l'enseignement ou le journalisme. Mais déjà, à cette époque, Pierre se piquait d'écrire. Il avait opté pour le genre historique en composant une biographie de François-René de Chateaubriand, aussitôt acceptée par un éditeur parisien, portée aux nues par la presse et encensée par un public assez réduit mais averti. Des ouvrages sur Bertrand Du Guesclin, Surcouf, tous deux personnages d'aventure, avaient ensuite considérablement élargi son lectorat.

Saisi moi-même par le virus de l'écriture, j'abandonnai l'université après la licence pour devenir pigiste dans un quotidien régional breton afin de me consacrer à la rédaction de mon premier roman. Doute et sueur. Désertant les sentiers battus, je me hasardai dans l'étude psychologique d'un tueur en série, un professeur de français, un monsieur très bien en dehors de sa folie qui le poussait à tuer des enfants pour les préserver de la souillure. Il en tuait peu d'ailleurs, la plupart d'entre eux étant déjà impurs. Le roman terminé, je l'expédiai par la poste à différents éditeurs. En vain. Retours successifs du manuscrit ou silence indifférent. Désabusé, je l'adressai à Pierre dans l'espoir qu'il le lise et me soutienne de ses conseils. La semaine suivante, son directeur littéraire m'invitait à le rencontrer à Paris. Quatre mois plus tard, l'ouvrage sortait en librairie et, contre toute attente, figurait dans les vingt-cinq meilleures ventes françaises pendant plus de deux mois.

Ainsi, grâce à Pierre, j'étais lancé. Restait à m'imposer. Je n'eus pas à me plaindre. La chance, nombre de mes aficionados diront le talent, était au rendez-vous, et mes romans, aux sujets divers et singuliers, continuaient depuis plus de dix ans à séduire un public suffisant pour me permettre de vivre confortablement de ma plume. Ainsi, je possédais un studio à Paris, à deux pas du VIe arrondissement, destiné à m'accueillir le temps nécessaire pour entretenir des rapports privilégiés avec l'univers de l'édition et des médias parisiens. Un simple studio, car j'étais incapable de produire une ligne dans une capitale au rythme trop oppressant pour moi. Raison pour laquelle je me mis très vite en quête d'un logement en province. Celle-ci serait la Bretagne puisque j'étais né à Dinard. Peu de temps après la parution de mon quatrième roman, j'achetai un spacieux quatre-pièces avec vue sur mer au deuxième étage d'un petit immeuble situé sur la chaussée du Sillon à Saint-Malo. Il me fallait le vent, le granit, les splendeurs océanes pour créer. Mon bonheur, toutefois, n'était pas complet. Bien que disposant d'un physique plutôt avantageux, je vivais seul, et à trente-sept ans cette solitude commençait à me peser, même si je disposais, grâce à elle, de grandes plages de temps pour écrire.

Entre-temps, la conversation avait repris avec Pierre. Il m'expliquait les quartiers que nous traversions, conglomérat de bâtisses et d'immeubles en béton pollués par d'anarchiques et envahissantes lignes électriques, espaces sinistres adoucis par de nombreuses échoppes devant lesquelles les badauds s'attardaient. Après quarante minutes de trajet, nous arrivâmes à destination. Aline et Pierre résidaient dans une rue paisible où s'élevaient buildings et maisons anciennes, à environ deux cents mètres, me dit-il, du quartier des affaires de Bangkok. Restaurants petits ou luxueux, gargotes, hôtels modestes ou de standing, boutiques de toutes sortes, enseignes tapageuses ou discrètes, vendeurs de rue sur les trottoirs cuisinant au charbon de bois et proposant une nourriture variée et parfumée, tout cela voisinait dans un aimable désordre. Par bonheur, un sens unique et une seule voie réservée à la circulation limitaient le flot automobile, et par là même celui de fâcheux décibels.

Sa Chevrolet garée dans le parking en sous-sol de l'immeuble bourgeois où il résidait, Pierre me guida jusqu'à l'un des ascenseurs. Un instant plus tard, nous étions devant sa porte. Il marqua une pause avant de l'ouvrir. Un sourire indéfinissable éclairait son visage.

— J'ai oublié de te prévenir, tu n'es pas notre seul invité. Nous recevons pour plusieurs jours une amie d'Aline qui est aussi devenue la mienne. Tu vas voir, elle est charmante.

— Je n'en doute pas.

Pierre ouvrit la porte, s'effaça pour me laisser entrer. Je pénétrai dans un vaste vestibule où je déposai mes bagages.

— Aline, c'est nous ! s'écria Pierre.

Un claquement d'escarpins sur le sol lui répondit. Aline arrivait, svelte, brune, plutôt petite, gracieuse bien qu'elle ne fût point jolie, égale à elle-même, avec un sourire intérieur et lumineux, et de délicieuses fossettes s'épanouissant sur chacune de ses joues. Tout en elle révélait le supplément d'âme d'une femme passant l'essentiel de son temps à se soucier du bonheur d'autrui.

— Romain, tu t'es enfin décidé à venir nous voir !

Elle m'enlaça, m'embrassa avec affection avant de m'entraîner dans son sillage. Nous pénétrâmes dans une grande salle de séjour, meublée d'un salon en cuir et de meubles anciens en laque. Des chaises paressaient autour d'une table ronde. Des porcelaines raffinées, quelques instruments de musique thaïlandais, un bouddha, un éléphant de bronze ainsi que diverses poteries exposées çà et là agrémentaient la pièce. Le tout d'une incontestable beauté.

Pourtant, je n'eus pas le loisir de féliciter la maîtresse de maison pour son bon goût. Debout devant un fauteuil du salon, où elle devait sans doute être assise avant que nous entrions dans la salle, une jeune femme nous attendait.

— Bonjour, me dit-elle, je m'appelle Juliette.

Je serrai les poings, enfonçai mes ongles dans mes paumes, luttai pour ne pas trébucher puis, d'une toute petite voix balayée par une émotion trop grande, je bredouillai :

— Bonjour, moi c'est Romain.

Remarqua-t-elle mon trouble, mon désarroi ? Je l'ignore. Aline et Pierre, oui. Ils se souriaient d'un air complice. Quant à moi, je venais d'être poignardé en plein cœur. Ce que je n'aurais jamais osé imaginer se produisait. La jeune femme qui se dressait devant moi, que je ne connaissais pas, qui m'avait tout juste dit bonjour, qui me tournerait peut-être le dos dans quelques minutes ou demain, cette jeune femme, je le savais, était celle dont je rêvais, que j'espérais, celle qui allait me fournir de nouvelles raisons d'exister.

2

Il y eut un bref silence pendant lequel Juliette m'observa avec un sourire chargé de curiosité. Puis :

— Vous êtes écrivain, n'est-ce pas ? Aline et Pierre m'ont beaucoup parlé de vous.

Elle eut un petit rire :

— C'était inutile, je suis votre œuvre avec attention, et j'ai lu tous vos livres ! En revanche, j'ignorais que vous étiez amis, et j'ignorais surtout que j'allais faire votre connaissance en Thaïlande, alors que nous résidons tous deux en Bretagne.

Je la dévisageai avec surprise.

— En Bretagne ? Où ça ?

— Nous sommes voisins. Je suis professeur d'histoire et géographie au collège Roger-Vercel de Dinan, et vous, vous demeurez à Saint-Malo.

— Exact, dis-je, le monde est décidément bien petit !

Aline pressa mon épaule avec affection.

— Assez de parlotes pour le moment, dit-elle. Romain, viens avec moi, tu vas déposer tes affaires dans ta chambre et te rafraîchir un peu, sinon tu n'auras aucune chance de séduire Juliette !

Maudite Aline, déchiffrant si bien mes pensées ! Je luttai contre l'émotion qui cherchait à m'étreindre, et l'espiègle piège tendu. Je pivotai vers Juliette, sombrai dans l'émeraude de ses yeux.

— Vous connaissez Aline, dis-je, elle est ainsi, toujours à plaisanter.

Pierre m'adressa un petit signe amical de ses longs doigts boudinés.

— Allez, dépêche-toi de lui obéir.

Il indiqua de l'index un fauteuil à Juliette, s'échoua sur le canapé.

— Nous vous attendons pour l'apéritif.

Valises à la main, je suivis Aline dans un long corridor. J'entrai bientôt dans une chambre spacieuse dont une porte ouvrait sur une salle de bains.

Aline m'adressa un sourire.

— Comment trouves-tu Juliette ?

— Elle est d'une fascinante beauté.

Aline approuva d'un pensif hochement de tête.

— C'est vrai, mais tu verras, elle est plus que cela. Je te laisse t'installer. Tu nous rejoindras ensuite au salon.

— Merci.

Après un bref regard circulaire, je me dirigeai vers la salle de bains. Mes bagages patienteraient. Je n'avais qu'une hâte, me retrouver en présence de Juliette. Le mal était fait. J'étais venu en Thaïlande pour revoir des amis chers et découvrir un pays pour le moins insolite ; or toutes mes pensées étaient accaparées par une inconnue !

Posté devant le lavabo, je découvris dans le miroir la figure émaciée d'un homme jeune encore, disons mûr, las, ayant subi un voyage éprouvant. Je disséquai mon physique avec une glaciale objectivité : type méditerranéen, traits rappelant ceux de Julio Iglesias et George Clooney mais sans leur éclat. « Je suis banal, je n'ai aucune chance ! » Je pensai alors à Juliette, tout en me rafraîchissant les mains et la figure. Blonde, d'une blondeur de toute évidence authentique, longue, plus petite que moi cependant, qui avoue un mètre quatre-vingt-un sous la toise, des épaules carrées juste comme il faut de sportive à coup sûr aguerrie, une taille fine, des jambes dessinées avec goût, des seins aimables sous son corsage rose, et ses yeux, ah, ses yeux, océan, insondables, pailletés d'or, qui me perçaient l'âme et me portaient à croire que, outre sa beauté, la jeune femme était intuitive et intelligente. Cela, un avenir prochain me le confirmerait ou non.

Mes ablutions terminées, je regagnai le salon où mes hôtes et Juliette poursuivaient une conversation animée. Ils se turent à mon arrivée.

— Ne vous interrompez pas pour moi, dis-je en m'affaissant dans un fauteuil, Aline et Pierre ayant opté pour le canapé.

— Si, dit Pierre, parce qu'on parlait précisément de toi.

— En mal, j'imagine ?

— En mal et en bien, me taquina Aline.

— Plutôt en bien, corrigea Juliette avec un incroyable, un ensorcelant sourire.

Je luttai pour ne pas me jeter sur elle afin de déposer sur ses lèvres ourlées un délicat baiser.

— Bien, déclara alors Pierre, nous allons maintenant passer aux choses sérieuses. Que désirez-vous boire ? Alcool, bière, jus de fruits ? – Il consulta sa montre. – L'heure n'est pas au thé, aux infusions ou au café.

— Pour moi, un jus d'orange, dit Juliette.

Aline secoua négativement la tête.

— Tu es en Thaïlande, et je te conseillerai plutôt un lait de noix de coco glacé ou du jus de papaye, c'est délicieux.

— Va pour le jus de papaye, tu as raison, je n'en ai jamais bu.

— Et toi ? me demanda Pierre.

— Etrange question, tu connais mes goûts : un whisky, bien entendu.

— Alors ce sera un Johnnie Walker, c'est le seul ici qui soit d'un prix abordable, à l'exception du whisky local, le *mekong*, buvable, sans plus. Je sais que tu aimes la bière, j'en ai aussi si tu préfères.

— Non, merci, un whisky suffira.

Pierre tourna les yeux vers une porte au fond de la pièce, appela :

— Min ?

Une jeune Thaïe, chaussée de tongs, minuscule et menue, vêtue à l'européenne d'un jean et d'un corsage bleu, apparut en trottinant. Elle s'immobilisa devant nous, déclara d'une voix chantante *sawat di kha*[1], puis elle nous salua en pressant ses paumes l'une contre l'autre et en inclinant légèrement le buste. Pierre lui passa la commande en thaï.

Quelques instants plus tard, nous dégustions notre apéritif tout en devisant. La conversation se porta, dans un premier temps, sur les nouvelles de la France. Des banalités s'échangèrent, sur la politique, l'économie, le climat peu comparable avec celui de la Thaïlande, le monde de l'enseignement et celui de l'édition. Aline et Pierre revenaient à Paris, de juin à octobre, quand la

1. Bonjour, bonsoir, au revoir (dit par une femme).

saison des pluies régnait dans leur pays d'adoption. Ils évitaient par la même occasion la mousson, et parfois des typhons, ces derniers sévissant le plus souvent en septembre et octobre. Ils trouvaient un parfait équilibre grâce à cette alternance. Certes, ils vivaient beaucoup avec Internet, certes, ils s'étaient imprégnés de la culture thaïlandaise au point d'en parler la langue, mais la France, les librairies, les visites de galeries d'art, le cinéma, les conférences, leur manquaient. Et puis il ne fallait pas rompre avec les relais de la presse et de l'édition, qui leur permettaient à tous deux de subsister.

Le temps s'écoulant, nous nous levâmes pour passer à table où un dîner à la française, préparé par Aline, fut servi par Min.

— J'espère que vous appréciez le rôti de porc, la salade et les frites, plaisanta la maîtresse de maison. J'ai choisi cela car, durant tout votre séjour, vous serez condamnés à supporter la cuisine thaïe !

— Pourquoi ? Elle n'est pas bonne ? s'inquiéta Juliette en dévisageant ses hôtes.

— Si, au contraire, la rassura Pierre en souriant, mais au début il vous faudra surveiller les épices. Les touristes se font souvent surprendre par des plats qui leur incendient la bouche. Mais nous vous donnerons les conseils nécessaires, car ce ne sont pas les menus de restaurant écrits en thaï et en anglais approximatif qui vous éclaireront sur ce que vous mangerez !

Durant tout le repas, chacun marqua le plaisir de se retrouver ou de... faire connaissance. Aline et Pierre étaient pour moi de formidables amis, de ceux que l'on ne rencontre qu'une fois dans une vie, Juliette était une météorite chamboulant toutes mes habitudes au moment où je m'y attendais le moins. J'eus ce soir-là toutes les raisons de me convaincre que le ciel était avec moi. La jeune femme se montra drôle, cultivée et en même temps, comme Aline, attentive à autrui. Tout en parlant, elle ne détachait pas ou presque son regard de moi, comme si elle avait espéré que je ratifierais ou apprécierais ses propos, ce qui se produisit. Elle évoqua mon œuvre. Elle avait lu tous mes livres et les avait aimés, à l'exception de deux titres qu'elle ne cita pas, concluant avec un charmant sourire :

— Nous aurons l'occasion d'en reparler puisque le hasard a décidé que nous partagerons quelques jours de vacances ensemble.

— Quelques jours, m'étonnai-je, je croyais que vous passeriez ici tous vos congés ?

— En Thaïlande, oui, mais pas seulement à Bangkok. J'aimerais aussi visiter la cité d'Ayutthaya, qui a été la capitale du Siam pendant quatre siècles, et explorer le sud de la plaine centrale, riche en palais, monuments, parcs naturels. Et puis, je voudrais faire une halte sur l'île de Phuket pour souffler un peu, et profiter du soleil et de l'océan avant de repartir affronter les rigueurs de la fin de l'hiver breton.

Aline ébaucha une moue dubitative.

— Il va te falloir choisir entre Ayutthaya et Phuket, car tu ne pourras pas approfondir ces deux régions en si peu de temps. Et puis, méfie-toi, tu n'as pas retenu de chambre, et à cette époque nous sommes en haute saison.

— Tu as sans doute raison, répondit Juliette, je vais y réfléchir. Ensuite, je chercherai un gîte sur Internet.

Le dîner achevé, nous reprîmes possession du salon. Sans nous être le moins du monde concertés, Juliette et moi nous nous glissâmes côte à côte sur le canapé.

Aline et Pierre s'installèrent dans les fauteuils. Min nous apporta ensuite des cafés et trois *SangSom*, alcool local fort mélangé avec de la glace et du soda.

Au-dehors, la nuit était tombée et une agréable température régnait dans la pièce, grâce aux ventilateurs tournant sans désemparer au-dessus de nos têtes.

— Quel est le programme pour demain ? demanda Juliette en soufflant sur son café trop chaud à son goût.

Pierre recasa sa lourde carcasse de géant dans son fauteuil avant de répondre :

— Tout est à voir à Bangkok, le pire et le meilleur. Demain, Aline et moi sommes prisonniers d'une invitation à l'ambassade de France, et nous ne pourrons pas vous accompagner. Profitez-en pour aller visiter le Grand Palais et le *Wat Phra Kaeo*.

Je haussai des sourcils interrogateurs.

— Le... *Wat Phra Kaeo* ? Qu'est-ce que c'est ?

— Le sanctuaire le plus célèbre de Thaïlande, aux édifices somptueux, situé à l'intérieur de l'enceinte du Grand Palais, répondit Juliette. Il abrite notamment la statue la plus sacrée du pays : le Bouddha d'Emeraude.

Je la contemplai avec étonnement.

— Vous êtes déjà venue à Bangkok ?

Juliette plongea ses incroyables yeux d'émeraude dans les miens.

— Non, mais je suis professeur d'histoire-géo, et lorsque je pars visiter un pays, je me documente sur tout ce qu'il y a à y découvrir.

— Boum, un point pour Juliette, me taquina Aline.

Elle émit un soupir d'aise, sourit avant de conclure :

— Tu vois, tu n'as pas besoin de nous pour visiter la Thaïlande, tu as un guide tout trouvé !

Pierre opina du bonnet. Tout en nous contemplant, ses longues jambes tendues devant lui, il massait son épaisse lippe d'un geste empli de douceur. Et soudain, il lança un pavé dans la mare.

— Je vous observe depuis dix minutes, dit-il en désignant Juliette et moi d'un petit coup de menton, depuis dix minutes je pense que vous êtes tous deux des célibataires endurcis, et depuis dix minutes je pense que vous iriez délicieusement bien ensemble. N'êtes-vous pas de mon avis ?

Je restai un instant les yeux écarquillés et la bouche entrouverte, tandis que la figure de Juliette s'emplissait de stupeur.

— Si j'entends bien, dis-je après m'être nerveusement raclé la gorge, vous nous avez invités tous les deux en même temps ici dans le but de nous voir tomber dans les bras l'un de l'autre ?

Pierre lissa les ailes de son nez entre deux doigts avant de répondre :

— Non. Vous êtes là parce que vous nous manquez tous les deux. Votre rencontre est un pur hasard, mais – il laissa échapper un sourire malicieux – le hasard fait parfois bien les choses !

Aline tourna son doux visage vers Pierre.

— Allons, grande bête, je devrais dire grosse bête – tu as encore pris du poids –, tu ne vois pas que tu les gênes ?

Revenue de sa surprise, Juliette choisit le ton de la plaisanterie.

— Vous savez, dit-elle, cette blague-là, on me l'a faite à plusieurs reprises. Personne ne comprend qu'à vingt-huit ans je sois célibataire. Mais voyez-vous une vie à deux, ce n'est pas un engagement facile, il faut bien réfléchir. Et je ne suis pas pressée.

— C'est vrai, admit Aline, mais n'oublie pas : les années passent vite, très vite. Pierre parlait de Romain pour te taquiner. Romain ou un autre, c'est ton problème, mais dépêche-toi, tu ne mérites pas de vieillir seule.

Je tendis alors mon regard vers Juliette. Tendre est le mot juste. Je voulais qu'entre nous, en cet instant, un lien nous relie.

— Vous vous appelez Juliette, dis-je en assortissant mes propos d'un ton badin, je m'appelle Romain. Romain, Roméo, c'est à s'y tromper. Roméo et Juliette, c'est mieux. *Roméo et Juliette* est une prodigieuse histoire d'amour. Qu'en pensez-vous ?

Juliette me répondit par un sourire indéfinissable et une phrase sibylline :

— Je reconnais bien là l'écrivain en quête d'un sujet de roman, toujours à l'affût en vous. Une prodigieuse histoire d'amour, en effet, mais une tragédie aussi. Roméo et Juliette s'aiment et meurent alors qu'ils sont très jeunes, Juliette a alors à peine quatorze ans. Croyez-moi, cher ami, continuez à vous appeler Romain. Vous vivrez plus longtemps.

— Mouché ! ronronna Pierre, responsable de cette conversation oiseuse.

Il se leva, dépliant avec lenteur ses longs membres épais.

— Je ne vous propose pas une promenade ce soir, j'imagine qu'avec le décalage horaire, vous ne désirez qu'une chose : vous blottir dans les bras de Morphée.

Nous acquiesçâmes d'un signe de tête en nous levant à notre tour.

— Eh bien, à demain tout le monde ! claironna Aline en m'embrassant.

Je serrai la grosse main de Pierre, m'approchai de Juliette. Elle se pencha vers moi, déposa deux baisers sur mes joues. Je ne sais si elle me sentit frémir de bonheur. Enhardi, je lui proposai :

— Nous pourrions peut-être nous tutoyer, nous allons passer de longs moments ensemble ?

Elle me noya dans l'onde indéfinissable de ses yeux, sourit.

— Tutoyez-moi si vous le désirez, en ce qui me concerne je préfère le vouvoiement. Je ne sais pourquoi, vous m'impressionnez. C'est mon côté livresque. Je suis subjuguée par les écrivains, les vrais, par vous donc. J'ai toujours été émerveillée par cette façon que vous avez de vous emparer des âmes d'autrui, les bonnes et les mauvaises, pour les faire vôtres avant de les livrer à la réflexion de vos lecteurs.

— Vos compliments sont excessifs.

— Peut-être, mais sincères. Allez, à demain.

Elle se pencha encore vers moi, m'embrassa une nouvelle fois avant de s'effacer, gracieuse silhouette, dans la pénombre du couloir conduisant à nos chambres.

Je la suivis bientôt, conscient que, malgré le décalage horaire, empli du souvenir de Juliette, je ne fermerais pas l'œil de la nuit.

3

C'est ce qui arriva. Allongé sur mon lit, les mains croisées derrière la nuque, les yeux rivés au plafond, que l'obscurité m'empêchait de distinguer, je pensais à Juliette. Elle dormait dans la pièce voisine, et pourtant elle me semblait à des années-lumière. Je la connaissais depuis à peine quelques heures, et déjà elle me manquait. Jamais je n'avais éprouvé cela. Une telle fièvre. Une telle sécheresse dans la gorge. Un tel besoin de serrer un être dans mes bras. Une inconnue, en vérité. Une prof d'histoire-géo ! Elle doit être chiante, toujours prête à étaler sa science ! Tout ça n'a aucun sens. Je m'enflamme comme un collégien. Je serai déçu si elle accepte de flirter avec moi, mortifié si elle refuse.

Je me retournai avec violence dans mon lit, incapable de trouver le sommeil, malgré le décalage horaire et un harassant voyage, m'installai sur le flanc, fouillant la nuit du regard, avide de lire en moi. A quoi bon, puisque je ne pouvais pas encore lire en elle !

Je m'efforçai de me raisonner. C'est un simple coup de foudre. Chez l'être le plus banal, ça survient plusieurs fois dans une vie. Je ne suis pas différent des autres. Ça me passera. A peine formulée dans mon esprit, cette dernière remarque me fit hausser les épaules. Le coup de foudre, c'est bon pour les adolescents, pas pour moi. Trente-sept ans, c'est autre chose. J'ai vécu. Jamais marié, d'accord, mais j'ai connu quelques femmes, et parfois d'aimables aventures ont habillé, çà et là, ma solitude.

Toutes ces réflexions me rappelèrent l'une d'entre elles, beaucoup moins aimable, et qui m'interpellait aujourd'hui, parce que j'étais épris de Juliette, et je craignais de subir avec elle la même mésaventure qu'avec une certaine Claire. C'était il y a un an. Après avoir accouché d'une seule traite d'un chapitre entier de roman, je quittai mon bureau afin de m'aérer en arpentant les rues de Saint-Malo. Nous étions en janvier. Un froid sec, soutenu par un vent soufflant en bourrasques, rendait ma marche difficile. Je poursuivis pourtant vaillamment ma promenade jusqu'à la cité intra-muros et, plié en deux pour offrir moins de prise à la tempête, je m'engageai sous la porte Saint-Vincent, puis escaladai l'escalier donnant accès au chemin de ronde courant sur les remparts. Je marchai un moment, exalté à l'idée d'affronter les éléments. Parvenu au niveau de la porte de Dinan, le col de mon manteau remonté jusqu'aux oreilles, je m'arrêtai enfin pour observer une mer montante aux flots déchaînés. Au loin, le rocher d'Aleth, l'estuaire de la Rance, la plage du Prieuré de Dinard et la pointe de la Vicomté.

— C'est beau, n'est-ce pas ?

Je tressaillis, surpris par cette voix jaillissant de manière inattendue en un lieu déserté par les promeneurs, en raison de ce qui s'apparentait à une tempête. Une femme, accoudée auprès de moi au granit de la muraille, contrôlait d'une main sur sa tête le capuchon de sa parka richement molletonnée.

— Grandiose, dis-je.

Puis, après quelques secondes de silence, j'ajoutai :

— Vous êtes intrépide, vous voilà seule face aux éléments déchaînés !

Un petit rire défripa sa figure assaillie par le froid.

— Pas seule, puisque vous êtes là !

— C'est vrai, mais moi ça ne compte pas : je suis fou !

— Eh bien, dans ce cas nous sommes deux, moi aussi je suis folle.

Je me détachai du rempart pour poursuivre ma route. Très naturellement, elle enchaîna ses pas aux miens. Je l'observai alors avec attention. Elle était de taille moyenne, et on ne pouvait découvrir grand-chose dans ce visage enfoui sous son capuchon. Nous cheminâmes un moment encore tout en échangeant des propos banals, comme le font des gens qui se rencontrent pour la première fois. J'appris ainsi qu'elle était secrétaire médicale dans un cabinet de dermatologie en centre-ville et qu'elle était veuve. Je me penchai alors un peu plus en avant pour essayer d'apercevoir ses traits. Elle approchait de la cinquantaine. Une cinquantaine encore triomphante en apparence. Difficile de juger, une de ses mains protégeant sa figure des éléments déchaînés.

— Et vous, qu'est-ce que vous faites ? me demanda-t-elle.

— Je suis écrivain.

— Ah ! Et qu'est-ce que vous écrivez ?

— Des romans.

— Comment vous appelez-vous ?

— Romain Le Garrec.

Un point d'interrogation plissa son front.

— J'ai déjà vu votre nom dans la presse, mais pardonnez-moi, je n'ai jamais rien lu de vous.

— Rassurez-vous, vous n'êtes pas la seule. Mais, dites-moi, je m'aperçois que votre nez est tout rouge. Vous êtes en train de prendre froid. Puis-je vous offrir un café ou une infusion pour vous réchauffer ?

— Très volontiers.

Nous accélérâmes le pas. Le premier escalier, dévalé avec entrain, nous ramena intra-muros. Un instant plus tard, nous étions installés dans un bar où régnait une revigorante température. Mon inconnue ôta son capuchon, entrouvrit sa parka. Je pus ainsi la détailler à loisir. Certes, elle avait les joues rouges en raison des intempéries, mais c'étaient de jolies joues, il faut bien l'avouer, surmontées d'un grand front sur lequel quelques rides, légères encore, annonçaient l'implacable fuite du temps. De grands yeux, d'un brun velouté, et des cheveux auburn, achevaient d'ajouter un certain charme à ce visage avenant.

— Et vous, dis-je, comment vous appelez-vous ?

— Claire, Claire Renan.

— Renan, comme l'écrivain ?

— Oui, mais aucune parenté entre nous, même lointaine.

Nous bavardâmes ainsi, une demi-heure durant, explorant nos attitudes, nos expressions, nos sourires, nos silences, nos dits et nos non-dits. Il en découla que nous désirions nous revoir. Rendez-vous fut pris pour le samedi soir suivant. Il était convenu que je l'inviterais au restaurant.

A vingt heures précises, ce jour-là, elle arriva place Chateaubriand, élégante sans ostentation. Elle claqua deux baisers sur mes pommettes, comme si nous étions de vieux amis. Je lui proposai de l'emmener dîner intramuros, dans un restaurant réputé pour sa cuisine raffinée axée sur les produits de la mer. Elle accepta avec un sourire ravi. Nous entrâmes bientôt dans la salle. Je me souviens de nous être attardés devant une coupe de champagne avant de savourer du homard breton et du bar grillé, accompagnés d'un saumur blanc joliment adapté à nos plats.

Tout en se délectant d'une bouchée de poisson, Claire m'avoua avoir acheté et lu mon dernier roman *Le Bal des crucifiés*, afin de mieux me connaître.

— Et qu'en concluez-vous ? demandai-je en souriant.

— Que c'est très bien écrit, chaque mot est à sa place, et que vous êtes un homme complexe, sinon un homme torturé.

Je gigotai nerveusement sur ma chaise.

— Voilà qui est assez bien vu. Complexe oui, torturé non. Mais c'est là tout un programme dont nous pourrions disserter des heures entières. Je suis heureux que vous soyez partie à *ma* découverte, et nous aurons éventuellement le temps de reparler de mon œuvre ; cependant, j'avoue que, ce soir, c'est surtout vous qui m'intéressez. Racontez-moi Claire Renan. Qui êtes-vous ?

Elle haussa les sourcils, hésita un court moment avant de reprendre la parole. J'en profitai pour la détailler du regard. Elle était plutôt jolie, plus âgée que moi d'une bonne quinzaine d'années. Elle portait avec brio, sinon panache, sa maturité, une robe bleu turquoise ajustée sur des chairs encore fermes, et en cet instant précis elle ne semblait pas souffrir de… ma jeunesse !

Elle m'annonça ensuite qu'elle avait deux fils, était grand-mère d'une petite fille. Devenue veuve, elle vivait seule dans un petit appartement, rue Georges-Clemenceau à Saint-Servan, à quelques pas de la pittoresque Droguerie de Marine. Ses loisirs ? Elle les partageait avec quelques amis, des amies plutôt. Elle s'intéressait au théâtre, au cinéma, à la danse classique, appréciait la peinture et la sculpture sous toutes leurs formes, évitait les manifestations comme le pourtant réputé salon Etonnants Voyageurs, trop fréquenté à son goût, la foule l'emplissant d'anxiété.

J'en déduisis qu'elle appréciait avant tout une petite vie ouatée, sans à-coups, sans surprises.

— Vous aimez voyager ? demandai-je.

— Non, répondit-elle. Enfin si, comme tout le monde, en voyage organisé. Mais pas souvent et pas longtemps. Une semaine tout au plus.

— Connaissez-vous Venise ?

— J'y suis déjà allée.

— Y viendriez-vous avec moi ?

Elle marqua un moment de surprise, sourit.

— Vous êtes direct, vous. Je n'y aurais pas pensé, enfin... pas tout de suite. C'est un parcours obligatoire pour les amoureux.

— Et pour les gens cultivés.

— C'est vrai. Venir avec vous, il faut voir, nous nous connaissons encore si peu.

Il y eut un court silence embarrassé. Claire m'observait avec des yeux embués et tendres. L'alcool peut-être ? De toute évidence elle était attirée par moi comme je l'étais par elle. Nous poursuivîmes notre conversation, cherchant les questions qui permettraient de mieux nous connaître. La glace était rompue. Elle convint que la solitude parfois lui pesait, je lui assurai qu'elle distillait beaucoup de charme.

Le repas terminé, nous flânâmes dans les rues intramuros. Claire avait pris mon bras, le serrait à deux mains, l'étreignait plutôt avec une charmante gourmandise. Elle alla même jusqu'à presser mon biceps en s'exclamant avec admiration :

— Dites donc, c'est du solide ! Vous êtes sportif ?

— J'essaie de me maintenir en forme.

Elle sourit, un petit soupir d'aise fila entre ses lèvres.

— Romain, conclut-elle, je suis ravie de vous avoir rencontré.

Une heure plus tard, après une halte pour un ultime verre dans un bar, je raccompagnai jusqu'à sa voiture une Claire enjouée, toujours arrimée à mon bras.

Nous nous arrêtâmes devant une Corsa bleue. Elle fouilla son sac en quête de ses clés, me dévisagea avec un regard fiévreux qui augurait beaucoup de notre avenir commun, et ce faisant, m'invitait à la hardiesse.

— Je serais heureux de vous revoir.

— Moi aussi !

— Si vous êtes d'accord, je pourrais vous proposer une petite dînette chez moi dans le courant de la semaine prochaine. Ce serait pour vous l'occasion de découvrir mon antre ainsi que mes talents de cuisinier et de maître de maison, cela en toute honorabilité, bien sûr !

Un sourire rajeunit le visage de Claire.

— Entendu.

Nous avions échangé nos mails et nos numéros de portable au restaurant.

— Je vous appellerai lundi ou mardi pour convenir de la date.

Elle ouvrit la portière de sa voiture, s'avança vers moi pour m'embrasser.

— A bientôt.

Nos joues reçurent l'hommage de notre mutuelle affection puis, je ne sais pourquoi, ou plutôt je le sais, elle était peut-être attirée par mon classique charme d'hidalgo, j'égarai mes lèvres closes sur les siennes. Elle haussa les sourcils, surprise, sans vraiment reculer. Je récidivai pour un autre pudique baiser, pressai ensuite sa main. Elle me rendit cette fugitive étreinte, sourit, puis elle se glissa derrière le volant de sa Corsa.

Un instant plus tard, après échange de multiples petits signes d'au revoir, la voiture démarra et disparut bientôt dans la nuit.

J'inspirai avec avidité l'air frais et pur de cette soirée d'hiver, avant de reprendre mon chemin, heureux du dénouement de cette agréable rencontre qui en présageait bien d'autres.

J'attendis trois jours avant de lui téléphoner. Une voix me répondit aussitôt :

— Allô, oui ?

— Bonjour, Romain à l'appareil.

— Ah, Romain, je suis contente de vous entendre, j'allais vous appeler. En effet, j'ai un petit contretemps pour notre dînette…

— Rien de grave, j'espère ?

J'avais immédiatement senti de la tension dans la voix de Claire.

— Non, non, mais entre-temps j'ai eu l'opportunité de partir une semaine au ski dans les Alpes avec des amis, et j'ai accepté. Vous ne m'en voudrez pas ?

— Qu'à cela ne tienne. Ce sera pour une autre fois.

— C'est ça, pour une autre fois.

Il y eut un petit silence déçu, puis j'ajoutai :

— Je vous ferai signe après votre retour. Je conserve un excellent souvenir de notre rencontre.

— Moi aussi. Je vous embrasse très fort. A bientôt.

— A bientôt.

Je demeurai perplexe un moment. Etrange créature que cette femme volubile qui, à deux reprises, avait, avec un plaisir évident, joint sa solitude à la mienne. Elle était tout à coup froide, concise, presque distante.

Je rangeai mon portable dans ma poche, haussai les épaules. Je me fais peut-être des idées, pensai-je. Huit jours, ce n'est pas le bout du monde. Je retournai dans mon bureau que j'avais déserté pour aller boire un Perrier, et je repris la rédaction d'un roman que je devais remettre sans tarder à mon éditeur.

Quinze jours plus tard, je rappelai Claire après avoir espéré recevoir une carte postale d'elle, expédiée de son lieu de vacances.

Je butai sur la messagerie :

— Allô, bonjour, vous êtes bien chez Claire, je suis absente, mais laissez-moi vos coordonnées, et je vous rappellerai.

— Bonjour, Romain Le Garrec, l'immense écrivain que vous avez eu la chance de rencontrer, il y a quelques semaines. Je plaisante, bien sûr ! Plus sérieusement, j'essayais de vous joindre, comme convenu, pour décider d'une date en vue de notre soirée chez moi. Je guette un signe de vous. J'ai hâte de vous revoir. Je vous embrasse.

J'attendis. Un jour, une semaine. Rien. Laissez-moi vos coordonnées et je vous rappellerai. Le silence. Je tentai ma chance à nouveau. Elle décrocha.

— Bonjour, Claire, Romain. Je n'arrivais plus à vous joindre.

Une voix surprise, embarrassée, agacée, anxieuse aussi, chercha ses mots :

— Oui, je sais, excusez-moi mais la femme d'un de mes fils vient de le quitter, et je n'ai plus ma tête à moi, et là je dois me rendre chez lui pour garder ma petite-fille, je suis donc obligée de partir. Je vous téléphonerai dès que je pourrai. Je vous embrasse. Au revoir.

Huit jours s'écoulèrent. Rien. Mon opinion était faite, mais je tenais à en avoir le cœur net. Je laissai un message sur le répondeur de Claire qui m'assura, une fois encore, d'une voix enjouée, qu'elle ne manquerait pas de me rappeler.

Quelques jours plus tard je lui adressai un ultime message, car, bien entendu, elle ne décrocha pas.

— Chère Claire, je ne sais quel jeu vous jouez. Celui de la femme mûre qui vérifie sans aller plus loin qu'elle peut encore séduire ? A votre âge, ce serait navrant et puéril. Je ne veux pas croire, comme l'affirme la *vox populi* dans ce cas précis, que vous êtes une banale et futile allumeuse. Quant au jeu de la vierge effarouchée de cinquante ans bien sonnés qui craint que l'homme qui l'invite chez lui ne rêve que de la violer, ce serait insultant pour moi. Certes, je vous ai dérobé un petit baiser. Vous auriez refusé le second, j'aurais compris. Vous avez, avec moi, déployé tous les artifices de la séduction, vous m'avez même dressé un tableau complet de votre passé afin, pourrait-on dire, que je ne me trompe pas sur la qualité de la marchandise, et aujourd'hui, vous n'avez pas même le courage de la franchise. Au lieu de me fuir en vous réfugiant dans le silence, vous auriez pu en toute simplicité me préciser que vous ne souhaitiez pas me revoir. Cela nous aurait évité à tous deux de perdre du temps. Nous aurions pu peut-être rester amis à défaut de devenir amants.

« Bien sûr, si je me trompe en ce qui vous concerne, n'hésitez pas à me le faire savoir. Je m'agenouillerai alors devant vos ravissants genoux pour vous demander pardon. Mais je devine que votre silence est définitif. Au revoir, donc. Laissons toutefois une porte entrouverte pour un signe éventuel de vous. A bientôt peut-être ? Soyez assurée, en tout cas, que je ne vous rappellerai pas.

Mon analyse était sans doute la bonne. Je n'entendis plus jamais parler de Claire.

A présent, j'étais en Thaïlande, étendu seul sur un lit moelleux, guettant, fébrile, le moindre son, le plus infime signe de vie émanant de la chambre voisine où dormait Juliette. Une inconnue hier encore, qui embrasait soudain mes sens et mon âme, et qui ne m'aimerait peut-être jamais ! C'est pourquoi je pensais à Claire. Peut-être avais-je agi trop vite avec elle ? Peut-être aurais-je dû patienter avant de l'embrasser ? Une quinquagénaire ayant vécu, c'était impensable !

Mystère de la femme. En cet instant, une seule certitude m'habitait. Si je voulais avoir une chance de séduire Juliette, la conquérir, il fallait à tout prix que je mette tous les atouts de mon côté. Pas question de me jeter à son cou comme un hussard !

Je méditai un moment, rallumai la lumière, saisis l'un des deux guides touristiques posés sur la table de chevet et, l'ouvrant à la page du Grand Palais et du *Wat Phra Kaeo*, que nous visiterions dans quelques heures, je me plongeai dans sa lecture.

4

En début d'après-midi, après un repas thaï servi rapidement par Min, Juliette et moi nous nous engouffrâmes dans un « taxi-meter » réglant sa course au prix du kilomètre parcouru. Experte en anglais, Juliette traita avec le chauffeur. Celui-ci refusa d'enclencher son compteur sous prétexte que, la circulation étant trop dense, le trajet pour gagner le centre historique où nous voulions nous rendre durerait longtemps. Après une âpre discussion, Juliette accepta de payer une commission de cent cinquante baths[1] pour parvenir à destination.

Le taxi démarra alors.

Nous nous étions installés tous deux sur la banquette arrière. Juliette se tourna vers moi. Le pincement de ses lèvres exprimait son agacement.

— Pierre m'avait prévenue, dit-elle, le panneau « taxi-meter », qu'ils arborent sur le toit de leur voiture, est le plus souvent un leurre. Ils prétextent toujours ou presque les bouchons pour mieux nous rouler.

J'ébauchai un sourire conciliant :

— Cent cinquante baths ne nous ruineront pas.

1. 1 euro = 40 baths ; 100 baths = 2,50 euros.

Juliette haussa les épaules.

— Bien sûr, pour nous Européens, mais il ne faut pas entrer dans ce système d'arnaque, c'est une question de principe.

Il y eut un silence. Les rues défilèrent lentement devant nous. Un fleuve de touristes et de Thaïs déferlait sur les trottoirs malgré la chaleur, se faufilant entre les éventaires des marchands ambulants. A chaque arrêt ou presque, dû à un feu rouge ou à l'encombrement de la circulation, le chauffeur se recueillait en contemplant un petit bouddha trônant sur son tableau de bord à côté d'une photo de Rama IX, roi actuel de Thaïlande, que tous ses sujets vénéraient comme une divinité. Çà et là, d'ailleurs, et surtout au niveau des ronds-points ou des carrefours, s'élevaient de grandes effigies du monarque.

Une heure plus tard, le centre historique, cœur spirituel et culturel de Bangkok, se présenta à nos regards. Le taxi réglé, nous nous engageâmes dans l'entrée conduisant au Grand Palais. Au niveau de la billetterie, une foule dense, multiethnique, mais surtout asiatique, bigarrée à souhait, faisait la queue avec des regards chargés de curiosité. Autour d'eux, des Thaïs, hommes et femmes, proposaient, d'une voix chantante, différents services, entre autres celui de faire office de cicérone pour les visites à venir. Juliette déclina leur offre, se faisant fort, en sa qualité de professeur, de me guider.

J'achetai les billets, ravi d'offrir le sien à Juliette. Elle me remercia d'un sourire lumineux et profond à souhait, qui me perça le cœur, puis nous suivîmes le flot humain qui nous emporta bientôt dans l'enceinte du Grand Palais.

— Nous sommes dans un complexe cerné par deux kilomètres de murs, récita Juliette d'une voix professorale, entrepris en 1872 pour fournir une résidence au roi afin de marquer la fondation de sa nouvelle capitale et abriter le *Wat Phra Kaeo*, temple le plus sacré de Thaïlande, et le fameux Bouddha d'Emeraude, que nous découvririons tout à l'heure. Auparavant, la capitale se situait à Ayutthaya, dans le sud de la plaine centrale.

— Je sais, dis-je. Fondé en 1351, Ramathibodi en fut le premier monarque, le royaume d'Ayutthaya devint le plus puissant du Siam au détriment de la cité de Sukhothai au nord de la plaine centrale, première capitale du royaume qui connut son heure de gloire, mais dont la puissance ne dura pas.

Juliette ralentit son pas pour m'observer avec étonnement.

— Bravo ! Je vois que vous vous êtes documenté. Vous n'aurez sans doute pas besoin de mes services.

Je m'empressai de la rassurer :

— Oh que si ! Vous en savez sans doute beaucoup plus que moi, mais il est normal de consulter les guides avec attention avant de visiter un pays si on veut en saisir la culture, surtout si, comme nous, on ne se repose pas sur un voyage organisé.

Juliette me décocha un sourire si exquis que je dus lutter pour ne pas sauter à son cou.

— Romain, me dit-elle, vous êtes un compagnon très agréable. Je suis enchantée de découvrir Bangkok et ce Grand Palais avec vous. Je ne vais pas vous infliger mes connaissances, nous ne sommes pas au collège, mais n'hésitez pas à me questionner, le cas échéant.

— Entendu, chère Juliette.

Et la visite commença. Longue, passionnée. Nous allions d'émerveillement en émerveillement. Autour de nous, ce n'étaient que sculptures, grandes ou petites, monuments funéraires, toits superposés et colorés d'une impressionnante beauté, colonnes enrichies de miroirs, façades somptueuses décorées de dorures, de verre, de morceaux de faïence multicolores. Je demandai au préalable à mon charmant guide de m'expliquer quelques termes techniques dont le sens m'échappait. J'appris ainsi que le *wat* réunit à l'intérieur d'une enceinte plusieurs édifices et sert de temple, de monastère et de centre communautaire. Le *bot* est la chapelle des ordinations des moines, le *chedi* protège et conserve une relique précieuse, telle qu'un fragment d'os ou de cheveu de Bouddha ou les cendres d'un roi. Nous débutâmes par le *Wat Phra Kaeo*. Je compris alors pourquoi Juliette, pourtant à l'évidence coquette, s'était affublée d'un pantalon et de simples espadrilles, les visiteurs devant se couvrir les genoux et les talons avant de pénétrer dans le temple et quitter leurs chaussures à de multiples reprises.

Le Bouddha d'Emeraude, en vérité de jade, nous attendait au fond de la chapelle, juché, me précisa Juliette, sur un autel en bois recouvert d'or. Statuette plutôt que statue, ne mesurant que soixante-six centimètres, donc difficile à vraiment apprécier pour nous qui étions au fond du sanctuaire, assis les jambes repliées sous lui, le Bouddha paraissait plongé dans une profonde méditation.

Nous demeurâmes un long moment à nous pénétrer de l'atmosphère recueillie du lieu, admirant la porte incrustée de nacre, et sur les murs les fresques retraçant la vie de Bouddha. Mon regard s'y attarda, attentif à vouloir comprendre les trois mondes qui y étaient évoqués : celui du désir, celui de la forme et celui de l'absence de forme. Malgré le guide serré dans ma main et un complément d'information que j'y cherchais, je renonçai finalement à saisir le sens de ces figures allégoriques trop complexes pour moi. Une fois dehors, Juliette me précisa que ce bouddha datait probablement du XVe siècle, et que sa parure était changée trois fois par an, par le roi lui-même, ou un prince agissant en son nom, lors d'une cérémonie officielle.

Puis la beauté du lieu nous happa à nouveau. Partout alentour se dressaient de superbes édifices, pour la plupart fermés au public. Un *chedi* doré, ruisselant de lumière, renfermant un fragment du sternum de Bouddha, retint notre attention. Des statues de monstres, gardiens des portes des temples, des démons à tête de singe, vêtus de parures de mosaïques multicolores, supportant des structures, des statues de bronze représentant des éléphants blancs, accompagnaient également nos pas. Nous trouvâmes verrouillées les portes de la bibliothèque et du panthéon royal aux toits rouges superposés en cascade, aux colonnes dorées et aux murs décorés de faïences bleues.

Comme tous les touristes, nous engrangeâmes près d'une centaine de photos. Juliette posa à ma demande au côté d'Aponsi, créature mythologique, mi-femme mi-lion, l'une des plus splendides statues dorées du site.

— Regardez, dis-je à la jeune femme en lui montrant l'écran de mon appareil, vous êtes splendide. Je ne sais qui est la plus belle : Aponsi ou vous ?

Les yeux d'émeraude se pailletèrent d'or. Une lueur y courut, fugitive, indéfinissable mélange de contentement et d'émotion.

— Romain, vous êtes un charmeur. Cessez vos compliments, sinon je finirai par croire qu'ils sont vraiment sincères.

Puis, pour appuyer ses propos, et masquer peut-être qu'elle était sensible à cet hommage, elle prit le parti de rire avant de m'entraîner vers l'enceinte du temple. Là, sous les arcades de la galerie du Ramakien, aux piliers de marbre portant des vers contant les aventures du roi Rama et de son allié le singe Haruman, s'offrait à nos regards une immense fresque de 178 panneaux retraçant la version thaïe du Ramayana indien, un des récits épiques fondamentaux de l'hindouisme.

Une heure durant, trop partiellement hélas, nous savourâmes les subtilités de cet art qui défilait devant nos yeux. Car le temps nous était compté. Quittant la galerie, nous accélérâmes notre visite, parcourant à la hâte quelques salles du Grand Palais, ancienne résidence royale ouverte au public.

Un couple de touristes français consentit à nous photographier ensemble auprès d'un garde à l'impressionnant immobilisme, vêtu d'un casque et d'un uniforme blancs, veillant sur une entrée. Juliette chercha ma main pour immortaliser l'instant. Ma respiration s'arrêta. Je luttai pour ne pas serrer trop fort la main de la jeune femme, blottie, incandescente, dans la mienne.

La photo prise, Juliette relâcha son étreinte, s'écarta de moi, et nous poursuivîmes notre visite comme si de rien n'était. Cependant, il fallait se presser. Les portes allaient bientôt se fermer. Nous nous dirigeâmes vers la sortie.

5

De retour chez Aline et Pierre, nous nous précipitâmes sous la douche – pas ensemble, hélas ! – pour nous rafraîchir et oublier la canicule du jour, puis nos amis nous convièrent à dîner dans un des restaurants du quartier où ils résidaient.

Un instant plus tard, nous déambulions tous les quatre sur les trottoirs encombrés par une foule dense, slalomant entre les étals de marchands ambulants vendant médicaments, aphrodisiaques, préservatifs, Viagra, revues licencieuses, bandes dessinées, friandises, fringues de toutes sortes, montres, colliers, bracelets, maroquinerie, fruits et légumes, nourriture cuite en friture, au gril ou à l'eau bouillante. Des odeurs épicées titillaient agréablement nos narines.

— Je ne me hasarderai pas à manger un de ces plats, remarqua Juliette en plissant avec une moue de dégoût sa jolie frimousse. L'hygiène paraît bien approximative.

Aline, qui marchait à son côté, lui pinçota amicalement le bras.

— Eh bien, tu aurais tort. Ces mets sont, toujours ou presque, servis brûlants, et microbes et bactéries n'y survivraient pas.

— Quand même, insista Juliette en balayant d'une main l'espace environnant, regarde toute cette saleté !

Elle évoquait de rares sacs-poubelle débordants de déchets abandonnés sur les trottoirs, et surtout gobelets, papiers gras, bouteilles en verre ou en plastique jetés çà et là, toute cette indifférence d'une population ignorant les bases les plus élémentaires de l'hygiène.

Comme pour donner raison à la jeune femme, jaillissant d'un sac-poubelle éventré, un rat se faufila entre ses jambes avant de disparaître dans la foule.

— Tu vois ! s'écria-t-elle en s'écartant d'un bond pour éviter l'immonde animal.

Aline joua de ses charmantes fossettes pour apaiser les craintes de son amie.

— Je comprends ton point de vue, dit-elle, mais tu sais, depuis des années Pierre et moi nous nous régalons dans la rue de brochettes, de poulet, de porc, d'insectes grillés, j'en passe, et jamais nous n'avons été intoxiqués.

Juliette hocha sa belle tête.

— Peut-être, mais je suis très maniaque en ce qui concerne la propreté, et tu auras beaucoup de mal à me faire changer d'opinion.

Pierre marchait à mon côté devant les femmes. Il ralentit le pas et se tourna vers elles. Sa voix caverneuse couvrit alors l'espace :

— Ne t'inquiète pas, dit-il à Juliette, nous allons au restaurant, mais promenons-nous encore un peu, il est encore trop tôt pour avoir vraiment faim.

La nuit était tombée, chassée par les néons et les enseignes déversant une lumière crue. Dans la rue à sens unique, assortis d'un grondement continu, circulaient voitures, tuk-tuk, sorte de scooter à trois roues avec banquette à l'arrière pour accueillir les clients, motos, taxis. Dispersées dans la foule, de ravissantes prostituées, jeunes pour la plupart, décochaient de coquines œillades aux touristes, seuls ou en couples. Des gérontes, aux crinières blanchies par les ans – Américains ou Occidentaux surtout –, déambulaient fièrement, flanqués de souriantes jeunes Thaïes souvent d'une délicate beauté. Je fis part de mon étonnement à mes amis :

— C'est incroyable, il y a quelquefois cinquante à soixante ans d'écart entre eux, et pourtant les jeunes filles semblent ravies.

— Et pour cause, expliqua Aline, en accordant leurs charmes pendant quelques semaines, voire quelques mois à ces vieillards, elles subviennent aux besoins de leurs familles pour une année au moins. Et puis, tu sais, en matière de sexe, les Thaïlandais sont très tolérants. Le plaisir coupable est un tabou judéo-chrétien qui leur est complètement étranger. Il n'y a pas malice pour eux, pour les hommes j'entends, à aller voir une prostituée si leurs femmes sont indisposées. Il arrive même que celles-ci accompagnent leurs époux jusqu'au lieu de l'adultère.

Elle ralentit devant la vitrine d'un salon de massage devant laquelle plusieurs masseuses s'employaient à aguicher les clients en multipliant sourires enjôleurs, gestes évocateurs tout en susurrant d'une voix languissante : *Mââssage, mââssage !*

— Pour confirmer ce que je vous dis, reprit Aline, il n'est pas rare de voir des femmes attendre leurs maris pendant que ceux-ci se font masser.

— Il n'y a pas lieu de s'étonner, dit Juliette, je me fais souvent masser à Dinan, et ça se passe toujours très bien.

Pierre étouffa un gros rire.

— En France oui, mais ici, et tu l'as sans doute remarqué, il y a des salons de massage tous les cinquante pas, on pratique aussi des soins assortis de caresses manuelles et buccales précises très appréciées des touristes et des Thaïs suffisamment fortunés...

— Eh bien ! conclut Juliette d'un ton rêveur, nous voilà en effet très loin de notre culture judéo-chrétienne !

Elle avisa une enseigne de restaurant avec terrasse blottie sous des arbres.

— Et si on dînait là ? dit-elle, la visite du Grand Palais m'a creusé l'appétit !

— Bonne adresse, confirma Aline en gravissant les trois marches ouvrant sur la terrasse.

Elle s'arrêta, pivota vers nous qui la suivions, attarda un regard circonspect sur les bras et les épaules nus de Juliette.

— Dehors ou dedans ? Avez-vous mis du produit anti-moustiques ?

Un « Bien sûr ! » unanime l'ayant rassurée, nous nous installâmes à une table sous les frondaisons. Venant jusqu'à nous, une discrète musique thaïe adoucissait les rumeurs du dehors. Je m'étais assis à côté d'Aline et en face de Juliette afin de contempler celle-ci à loisir. En une seule journée, le climat tropical avait déjà offert un semblant de hâle à son visage, rehaussant la blondeur de ses cheveux et l'éclat de ses yeux maquillés avec discrétion et en même temps une savante perfection. Elle avait changé de tenue pour sortir, et avait revêtu une robe bleue moulante, qui m'avait fait rêver, tout à l'heure, au cours de notre promenade, lorsqu'elle nous précédait, Pierre et moi, d'une longue démarche souple et aérienne.

Juliette dut sentir la densité de mon regard quand elle croisa le mien, car un sourire lumineux assorti d'une petite moue câline répondit à ma silencieuse attente. Elle s'empara de la carte posée devant elle, et lança :

— Eh bien, si nous faisions notre choix !

Je saisis un menu à mon tour. Le texte, en thaï et en anglais, était éclairé par une photo couleur représentant chaque plat. Juliette et moi échangeâmes un regard perplexe. Une grosse voix secourable s'éleva alors :

— Otez les points d'interrogation qui assombrissent vos beaux fronts, mes enfants, Aline et moi sommes là pour vous éviter de fâcheuses erreurs. Tout paraît délicieux. C'est vrai pour les Asiatiques, moins pour les palais occidentaux. D'emblée, vous remarquerez que l'élément dominant de leur cuisine, le riz, est accommodé de mille manières. Il en va de même de leurs nouilles frites et de leurs plats de légumes frits ou cuits dans des sauces à la viande. La cuisine thaïe vous invite à connaître toutes les saveurs : salée, sucrée, âcre, pimentée, acidulée. L'inconvénient pour nous sont les plats trop épicés qui enflamment nos papilles gustatives et gâchent la fête. Alors – il pointa un doigt sur sa carte –, retenez bien ce terme : *maï phèt*. Il signifie : peu épicé. Cela vous évitera quelques déboires, surtout au début de votre séjour. Ensuite, on s'habitue et on se met à apprécier les mets plus corsés. De toute façon, dans ce restaurant, on vous servira les sauces au piment dans une coupelle. Cela dit, ce n'est pas le cas partout.

— Merci pour ces éclaircissements, déclara Juliette dans un soupir. Je vais donc choisir du peu épicé.

Et chacun commença, sur les conseils d'Aline, par une soupe *Tom yam*, mélange aigre-doux accompagné de morceaux de poulet, porc ou poisson. Suivirent, à l'unanimité, des *Pad thai*, nouilles sautées, assorties de viande ou de fruits de mer rehaussés par du soja, cacahuètes pilées, tofu, noix de cajou, crevettes séchées, et pour certains d'entre nous, agrémentées par de la sauce de poisson.

Le vin, tel que nous l'aimions, étant hors de prix, nous arrosâmes le tout avec le *sato*, vin pétillant sucré à base de riz fermenté s'apparentant au saké, mais avec des bulles !

Aline nous déconseilla les desserts trop sucrés et chimiques et nous suggéra de nous consoler avec les fruits du pays, toujours délicieux, ce que nous fîmes.

Repus et ravis, Pierre ayant insisté pour régler l'addition, nous quittâmes le restaurant et regagnâmes la rue dont les trottoirs, toujours aussi encombrés, nous obligeaient à circuler en file indienne. Je ne m'en plaignais pas trop, m'enivrant de la délicieuse silhouette de Juliette foulant le bitume avec grâce devant moi. Et je m'interrogeais. Ça n'a aucun sens, me disais-je, je suis accro à elle, alors que j'ignore tout d'elle. Elle est fascinante, irrésistible, mais peut-être égoïste, froide, frigide, invivable ! Célibataire à son âge, avec une telle plastique, c'est sans doute que quelque chose déraille !

Oui, peut-être, mais pour l'heure j'étais prisonnier d'un vertige. J'étais au sommet d'une falaise, d'une montagne, prêt à m'élancer dans le vide pour la conquérir. Mais comment faire ? Le souvenir de mon échec avec l'allumeuse Claire m'interdisait tout élan qui eût pu paraître déplacé à ses yeux.

Pierre s'arrêta soudain au bord du trottoir et héla un taxi. Surpris mais confiants, nous nous engouffrâmes dedans.

— Où allons-nous ? demanda cependant Juliette.

Notre ami s'était installé près du chauffeur à qui il avait donné ses instructions en thaï. Il tourna sa crinière blanche vers nous.

— Il est un peu tôt pour rentrer chez nous, je vous emmène en boîte.

— Bonne idée, apprécia Aline en creusant ses fossettes dans un sourire espiègle, ainsi Juliette et Romain pourront enfin vraiment faire connaissance !

J'ébauchai à mon tour un sourire, relayé par celui de Juliette assise près de moi.

— Ils sont taquins et insupportables.

— C'est vrai, admit Juliette, l'air songeuse.

Vingt minutes plus tard, le Bed Supperclub, une des plus célèbres discothèques de Bangkok, nous ouvrit ses portes. Le côté futuriste du lieu nous surprit. Dans une capsule de métal suspendue à des pylônes en béton, les clients dînaient assis ou couchés ! Nous choisîmes la vaste piste du club où l'on pouvait boire et danser. Nous y restâmes près de trois heures, nous rafraîchissant entre deux danses, avec des jus de fruits pour les dames, de la bière thaïe ou de la Heineken pour les hommes. Près de moi, devant moi, contre moi parfois, Juliette me souriait, m'appelant du regard à plusieurs reprises, me sembla-t-il, se mouvant avec une science telle qu'elle chavirait mes sens. Mille fois, j'eus envie de la prendre dans mes bras, mille fois, j'eus envie de la serrer contre moi. J'en eus l'occasion, deux slows durant. Le cœur au bord des lèvres, je demeurai toutefois à une distance suffisante, de crainte de la perdre à tout jamais.

Hélas, vint l'heure de quitter le Bed Supperclub. Nous montâmes dans un taxi-meter. Le retour vers l'appartement fut morne. La fatigue de tous. Au moment de nous dire au revoir devant la porte de sa chambre, Juliette glissa sur moi un regard indéfinissable avant de m'embrasser.

— A demain.

Elle s'effaça dans l'obscurité de sa chambre. Je regagnai la mienne, m'affaissai tout habillé, désemparé sur mon lit. Toutes lumières éteintes, les mains croisées derrière la nuque, je fixai le plafond, déterminé à ne pas dormir de la nuit.

6

Durant les jours qui suivirent, Aline et Pierre étant prisonniers d'ouvrages en cours qu'ils devaient achever d'urgence, Juliette et moi partîmes seuls à la découverte de Bangkok. Nous naviguâmes à bord d'un « longue queue », bateau servant de bus, sur le Chao Phraya – la rivière des rois –, le plus important fleuve de Thaïlande arrosant Bangkok. Barques chargées de fruits et de légumes, péniches remplies de riz, embarcations de toutes sortes, traçaient leur sillage autour de nous. La descente du canal nous permit de voir défiler sous nos yeux bâtiments coloniaux, temples et monuments traduisant la richesse culturelle de la cité.

Sur les conseils de nos hôtes, nous choisîmes un après-midi pour visiter Chinatown, quartier déserté le matin par les autochtones et les touristes habitués à y badauder le soir et la nuit. Des heures durant, nos appareils photo mitraillèrent le cœur de Chinatown que nous traversâmes pas à pas. Odeurs âcres, pimentées, déchaînement de couleurs, grossistes en épices, vieux immeubles en bois du XIXe siècle de Sonwat Road, marché aux tissus de Sampeng Lane, herboristeries traditionnelles, bijouteries, étals de nourriture aux étourdissants effluves, vendeurs d'articles religieux, boutiques, petites échoppes débordant de vêtements, de vieilleries, d'objets indéfinissables, gargotes où des Chinois, vieux ou moins vieux, aux yeux brouillés par la bière ou le *mekong*, chantaient joyeusement à pleins poumons des airs du pays en brandissant leurs verres, se succédaient au gré des ruelles. Partout, l'ambiance était à la fête. Le soir, cependant, était tombé. Nous étions arrivés dans Yaowarat Road, où cafés et restaurants se bousculaient de chaque côté de l'avenue.

— Je meurs de faim, dit Juliette, et j'avoue que je commence à être un peu fatiguée.

Je désignai d'un geste les enseignes lumineuses autour de nous.

— Moi aussi, et je crois que nous n'avons que l'embarras du choix.

Un instant plus tard, nous étions attablés dans un restaurant chinois. Nous dînâmes avec appétit. Je conservai les yeux rivés sur mon assiette, tant il était devenu difficile pour moi de dévisager ma compagne sans trahir la passion, le désir qui m'habitaient. Depuis deux jours, je vivais les mille morts. C'était incompréhensible. Cela ne m'était jamais arrivé. J'appréhendais désormais une seule minute sans elle. S'apercevait-elle de mon comportement pour le moins étrange ? Ressentait-elle ma fébrilité ? Imaginait-elle qu'elle avait déclenché en moi un véritable tsunami ? Je ne sais. Ce que je savais en revanche, c'est que j'étais décérébré, pieds et poings liés devant la sidérante créature qui dévorait son bol de riz devant moi tout en soupirant de satisfaction.

— Romain ?

— …

— Romain ?

Je tressaillis à la deuxième interpellation, détachai mon nez de mon assiette.

— Oui ?

— Vous êtes loin, à des années-lumière, que vous arrive-t-il ?

Elle m'observait soudain avec attention.

— Excusez-moi, ce n'est rien, juste un petit moment d'absence.

— Vous osez avoir un moment d'absence en ma présence ?

Elle souriait, irrésistible, mutine.

— C'est une façon de parler. Vous savez bien que vous êtes charmante, et que je me plais beaucoup avec vous.

Une lumière tendre égaya son visage.

— C'est gentil, merci.

Il y eut un silence durant lequel, Juliette ayant saisi son verre pour boire, je pus la contempler à loisir sans qu'elle s'en aperçût. A quoi pensait-elle ? Se doutait-elle qu'elle m'avait ferré comme on ferre un poisson ? Jouait-elle avec moi comme Claire, ou était-elle sincèrement attirée par moi ?

Je n'eus évidemment pas de réponse à mes interrogations. Nous évoquâmes ensuite ce que l'on visiterait le lendemain. Aline nous avait fortement conseillé de naviguer sur les *khlong*, canaux sillonnant la partie ouest de la ville, dont elle assurait qu'on y découvrirait un Bangkok insolite et une vie locale surprenante.

Il fallut se lever, quitter à regret ce restaurant coquet, rempli de lanternes et de décorations chinoises raffinées. Trois quarts d'heure plus tard, nous étions dans l'appartement de nos amis. Aline et Pierre parcouraient des revues thaïlandaises dans le salon en nous attendant. Nous leur résumâmes notre journée.

— Parfait, dit Pierre en nous servant un cognac acheté dans un Seven Eleven, une supérette appartenant à une chaîne très répandue en Thaïlande, qui avait dû lui coûter une fortune, je suis heureux d'apprendre que vous passez un agréable séjour. Cette ville est à la fois terrifiante et d'une incroyable séduction. Il y a encore mille choses à voir, et votre idée de vous balader demain sur les *khlong* est excellente. Vous y découvrirez une autre facette de la ville.

Il marqua une pause, étendit et croisa ses interminables jambes devant lui avant de poursuivre :

— Et vous n'avez toujours pas goûté aux bienfaits des massages thaïlandais ?

— Non, répondit Juliette, nous n'y avons même pas pensé, il y a tellement de choses à voir.

Aline s'abandonna à un petit rire joyeux.

— Dans ce cas, je crois que vous allez avoir droit à une histoire que raconte Pierre à tous ceux qui supportent de l'entendre.

— Chut, l'interrompit le géant en fronçant l'épaisse forêt de ses sourcils, tu vas me couper tous mes effets !

Puis, se tournant vers nous :

— La première fois que nous sommes venus en Thaïlande, Aline et moi, nous sommes entrés dans un salon de massage dont la réputation n'est plus à faire. Deux jeunes femmes ont trottiné vers nous, chantonnant *mââssages, mââssages*, comme s'il avait été dans notre intention de pousser la porte pour autre chose. L'une d'elles était grande, très jolie, le sein avenant sous le tee-shirt serré, les yeux bridés à souhait, et surtout elle arborait une longue chevelure brune, torsadée avec soin, qui se répandait en une admirable cascade sur ses épaules. « *Yes, oil massage with you* », ai-je dit, laissant ainsi la seconde masseuse, bien banale physiquement, à ma chère Aline. La jeune femme s'est alors inclinée en souriant avant de me précéder dans une longue pièce, partagée en box séparés par de simples tentures. Elle me demanda de la suivre dans l'un d'eux, me convia à me dévêtir, insista d'un geste explicite pour que j'ôte mon slip, me conseilla d'un signe de m'allonger sur une natte étendue sur le sol puis s'éclipsa. Elle revint quelques minutes plus tard avec un flacon d'huile. Une serviette posée sur mes reins, elle commença son massage par le dos, les cuisses, les jambes, les pieds avant de m'inviter, d'une tape sur l'épaule et d'une inclination de la tête, à me retourner, ce que je fis. Le massage se poursuivit dans les règles. Des mains expertes couraient sur mon corps, pétrissaient, claquaient, câlinaient mes chairs consentantes. La jeune femme m'avait enfourché sans façon et, à califourchon sur moi, son visage penché à dix centimètres au-dessus du mien, avec un art consommé, elle malaxait ma poitrine. Parfois la serviette glissait un peu, dévoilant mes parties intimes. Et, soudain, la masseuse souleva l'unique linge qui nous séparait, tapota mon sexe avec deux doigts puis, toujours silencieuse – Aline se faisait masser dans le box voisin –, d'une main en cornet devant sa bouche, avec des gestes variés et évocateurs, elle me suggéra de recevoir de sa part caresses et fellation.

« Situation cocasse s'il en fut ! Ma fidélité envers mon épouse, séparée de moi par un simple rideau de mauvaise toile, ma dignité – je n'ai jamais pu me résoudre à copuler avec des gourgandines –, la crainte aussi des maladies vénériennes, ne dit-on pas que le sida prospère en Thaïlande, tout cela m'amenait à un refus catégorique. Cependant, tout comme toi, mon cher Romain, j'écris des livres, tout comme toi, j'aime fouiller les êtres, et, à voix basse, afin de ne pas être entendu par Aline et d'éventuels clients, je chuchotai : « *How much ?* » Combien ?

« La jeune femme se coucha langoureusement sur moi pour souffler à mon oreille : « *One thousand.* » Mille baths !

« Je reposai ma question comme si je n'avais pas bien compris : « *How much ? — One thousand.* »

« Nulle erreur possible : c'était bien là une voix d'homme !

« J'étranglai le rire qui montait en moi, repoussai sans brutalité la jeune femme, pardon, le jeune homme chevauchant toujours mes cuisses, puis, heureux de réviser mon anglais, je murmurai d'un ton péremptoire, suivi d'un geste de la main : « *The end !* »

« Le masseur ne put dissimuler sa déception. Il se leva, s'assit derrière moi, posa ma nuque sur ses cuisses, terminant son travail par des soins du visage, trop bâclés à mon goût. Puis nous sortîmes pour regagner les lumières tamisées de la boutique où plusieurs de ses consœurs espéraient l'arrivée de clients. Lumières si tamisées que je n'avais pas remarqué que ma charmante masseuse était un travesti ! Voilà, mes enfants, ce qui arrive en Thaïlande si l'on est un tant soit peu naïf ou distrait.

Des sourires coururent sur nos figures à la fin de cette surprenante et croustillante anecdote.

— Tout comme toi, mon cher Romain, minauda Aline, j'écris des livres, tout comme toi j'aime fouiller les êtres... L'hypocrite ! Je suis sûre qu'il aurait volontiers cédé si ç'avait été une femme !

Pierre protesta pour la forme :

— Oh ! mon cœur, nous en avons parlé mille fois. J'ai raconté cette histoire mille fois devant toi, et je ne te cache rien. D'ailleurs, à toi aussi ta masseuse a proposé un petit supplément sexuel, et tu as refusé !

Aline décocha une malicieuse œillade à son imposant mari :

— Evidemment, j'ai refusé, c'était une femme, tout comme toi c'était un homme ! Si j'avais reçu cette proposition d'un masseur, ni vu ni connu, peut-être aurais-je accepté ?

Pierre secoua ses larges épaules, dodelina la tête. Sa grosse voix fit vibrer les murs de la pièce :

— Vous comprenez à présent pourquoi j'idolâtre Aline ? Elle a les mêmes défauts et qualités que moi. Nous sommes faits l'un pour l'autre.

Aline se tourna vers nous.

— Cela dit, précisa-t-elle, vous ne l'avez peut-être pas remarqué, mais en Thaïlande les travestis sont légion. Vous en avez croisé un nombre incalculable dans la rue sans y prêter attention. Ils s'habillent et se maquillent avec un goût souvent exquis, ils sont plus grands, portent des talons hauts, affichent des silhouettes élancées et sont en vérité, je ne sais comment dire : plus beaux... plus belles que les véritables femmes.

— Merci pour tous ces conseils, dis-je, mais ne vous inquiétez pas ou ne soyez pas déçus, je ne m'y laisserai pas prendre !

Pierre poussa un énorme bâillement, quitta son fauteuil, s'étira, bras en croix. Il sembla alors que la salle devenait plus petite.

— C'est vrai que toi tu es un Roméo en quête d'une Juliette ! dit-il.

Son index tendu devant lui joignit nos deux fronts à distance :

— Au fait, où en êtes-vous tous les deux ?

Aline contempla son mari avec une feinte admiration avant de s'adresser à nous :

— Il est lourd, j'en conviens, mais il a raison. Je vous observe, vous ne cessez pas de vous dévorer des yeux à la dérobée. On dirait deux ados ! Vous n'avez pas honte ?

Juliette et moi, nous nous consultâmes du regard. Que faire sinon prendre le parti de rire ?

— Ah, vous alors, dit Juliette, quand vous avez une idée, vous n'en démordez pas !

— Eh oui, ajoutai-je, y allant moi aussi de mon poncif, c'est pour ça qu'on les aime !

— Il se fait tard, soupira Aline en se levant à son tour, et j'ai encore du travail, un bouquin à terminer dans l'urgence.

Elle plaqua une main sur ses lèvres pour nous adresser un baiser collectif, ajouta : « Bonne nuit, mes anges », caressa au passage une joue de son mari avant de s'éloigner vers son bureau.

— Je vais vous laisser aussi, dit Pierre, j'ai pas mal de paperasserie à éliminer.

Il prit congé d'un baiser posé au bout de ses doigts, avant de quitter la pièce.

— Je crois qu'il est temps pour moi de les imiter si je veux être en forme demain, remarqua Juliette.

— Vous avez raison, je vais en faire autant.

Je la suivis dans le corridor. Elle s'immobilisa devant la porte de sa chambre.

— Au revoir, Romain.

— Au revoir.

Je me penchai vers elle pour l'embrasser, et je ne sais comment, était-ce elle, était-ce moi ?, au lieu d'une joue mes lèvres rencontrèrent ses lèvres. Celles-ci s'entrouvrirent, je m'y frayai un chemin. Une main de Juliette s'empara de ma nuque, les miennes de sa taille, et nous nous lovâmes l'un contre l'autre pour échanger un baiser passionné, qui me sembla durer des heures. Il me sembla aussi que, stupéfié par cette situation si espérée et en même temps si inattendue, mon cœur s'était brisé avant de choir à mes pieds.

Entre-temps, Juliette avait abandonné le refuge de mes bras. Elle s'écarta un peu, puis dans un sourire heureux, me tutoyant pour la première fois, elle murmura :

— Ouf ! Enfin ! J'ai cru que tu ne te déciderais jamais !

— Pourtant, je ne pense qu'à ça depuis que tu m'as été présentée, avouai-je en l'enlaçant à nouveau.

Un second baiser, plus long, plus langoureux, plus tendre encore, scella nos bouches. Nos mains pressaient une nuque, une figure, des épaules, des omoplates, des hanches, effleuraient la délicieuse et ferme naissance d'une fesse. L'une des miennes s'aventura, timide, sur un sein.

Juliette la retira avec douceur.

— Pas maintenant, s'il te plaît, on risquerait de réveiller tout l'immeuble et d'empêcher Aline et Pierre de dormir !

— Tu as raison, dis-je, mais le problème se reposera de la même façon demain…

— Demain est un autre jour. Nous avons toute la nuit pour trouver une solution.

Elle revint se blottir contre moi, enflamma mes papilles de sa petite langue agile et brûlante, s'éloigna, ouvrit la porte de sa chambre, appuya sur l'interrupteur. Je me rassasiai de l'émeraude éclat de ses yeux.

— Pourquoi moi ? demandai-je.

Elle hésita quelques secondes avant de répondre, son délicat visage empli d'une tendre incertitude :

— Je ne sais pas. Ce n'est pas mon genre de me jeter à la tête du premier venu. Mais toi… A demain.

Elle referma sa porte. Je restai un moment immobile. Mon cœur, tout à l'heure échoué sur le sol, avait recollé ses morceaux et regagné son gîte dans ma poitrine. Je l'entendais secouer mes côtes, battre à tout rompre de bonheur. Je savais qu'il en serait ainsi toute la nuit. Je m'interrogeais en effet sur les causes exactes du comportement de Juliette : banal désir ou amour ? Là était la véritable question. Je me raisonnai : je serais bientôt informé. La première étape était franchie, et je ne pouvais que m'en féliciter. J'étouffai le hurlement triomphal qui montait en moi et aurait assourdi tout le quartier ! Et je regagnai ma chambre.

7

Le lendemain matin, au moment du petit déjeuner, alors qu'Aline, Pierre et moi étions installés autour d'un thé et de toasts, Juliette entra dans la pièce. Elle embrassa nos hôtes puis, se penchant vers moi, elle plaqua ses lèvres sur les miennes avec une chaleur appuyée, caressa tendrement ma joue, et déclara à l'intention d'Aline et de Pierre éberlués :

— Voilà, vous savez tout, c'est votre faute, vous avez tellement insisté que nous avons cédé à nos pulsions les plus élémentaires. Vous voyez, la glace est rompue entre Romain et moi.

— Et bien rompue, s'émerveilla Aline.

Ne supportant pas d'être en reste, Pierre y alla d'une petite formule amusée, et surtout un peu facile :

— Dans les pays tropicaux, les sens répondent plus vite présent qu'ailleurs.

Je pressai avec douceur le bras de Juliette qui s'était assise auprès de moi.

— Attention, nous précisa Pierre, vous êtes en Thaïlande, et il est bon que je vous explique quelques usages et coutumes. Certains vous sont déjà familiers, comme retirer ses chaussures chez des particuliers, dans des boutiques, des temples ou des musées. Ce que vous ignorez peut-être, c'est que se prendre la main en public est considéré ici comme un geste licencieux. Bien sûr, vous verrez des Occidentaux le faire, notamment avec des conquêtes thaïlandaises du moment, mais rarement, voire jamais, les Thaïlandais entre eux. Dans ce pays, très libre en matière de mœurs, la pudeur en public est plus importante que chez nous, et certains gestes banals pour nous sont comme une offense pour eux. Vous voilà prévenus. Un autre exemple : je ne sais si vous prendrez le bus, mais si vous choisissez ce mode de locomotion sachez que les sièges à l'avant sont réservés aux moines afin de leur éviter tout contact physique avec la gent féminine. Un dernier exemple pour vous résumer la complexité des rapports humains d'une ethnie à l'autre : évitez de caresser ou toucher la tête d'un Thaï ou d'un de ses enfants, ce serait les mépriser car c'est là que réside leur âme.

— Pour vivre heureux, vivons cachés, résuma Juliette en souriant. Cela dit, nous ne changerons rien à notre programme d'aujourd'hui. Nous avons prévu une balade sur les *khlong*, et si Romain est toujours d'accord nous la ferons. Avec vous, bien entendu, si vous avez la gentillesse de nous accompagner.

Aline secoua négativement la tête.

— Moi non, car j'ai un manuscrit à terminer, mais Pierre, oui.

Juliette posa devant elle sa tasse de thé vide, repoussa sa chaise et se leva.

— Alors, ne perdons pas de temps, dit-elle, celui-ci passe si vite, et il y a encore tant de choses à découvrir.

Et un autre Bangkok s'ouvrit alors sous nos yeux. Loin des trépidations de la circulation et du béton débridé, les canaux nous offrirent une exubérante végétation de bambous, bananiers, flamboyants, cocotiers, fleurs flottantes, au sein de laquelle des centaines de maisons en bois sur pilotis voisinaient avec de petits temples, des bicoques aux toits de tôle, des villas bourgeoises enfermées derrière de hautes grilles. Partout la vie : longues queues et autres bateaux chargés de touristes s'entrecroisaient. De petits commerces flottaient sur les eaux limoneuses, proposant de tout, pâtisseries, ustensiles de cuisine, café, thé... Des gamins s'ébattaient dans l'eau, des riverains pêchaient à la ligne, jouaient aux cartes ou devisaient, tandis que chiens désœuvrés et poules vaguaient en quête de nourriture. Nos appareils photo s'attardèrent une fois encore sur les innombrables fils électriques entrelacés et l'incroyable réseau de tuyaux aériens apportant l'eau potable, nous précisa Pierre en remarquant nos figures perplexes. Plusieurs barges bourrées d'ordures ménagères défilèrent devant nous.

Pierre nous expliqua aussi que dans les années 1840, Bangkok était une ville flottante. La plupart de ses 400 000 habitants vivaient sur les *khlong* et les abris construits sur des radeaux, que l'on amarrait à des poteaux, partout où il y avait de la place, ce qui leur permettait de s'élever en période de crue. Quelques temples plus tard, visités à la hâte, puis la fatigue aidant, enchantés cependant de notre excursion, nous retournâmes à l'appartement.

Le soir même, à l'heure du dîner, Juliette annonça à Aline et Pierre qu'elle allait, comme prévu, passer quelques jours sur l'île de Phuket avant de regagner la France.

— Une petite précision, dit-elle, je ne serai pas seule, Romain m'accompagne.

Une lueur amusée courut dans les yeux de nos amis, déçus cependant de nous voir les quitter si vite.

— Quand avez-vous pris la décision de partir ensemble ? s'étonna Aline. Il y a trois jours, vous ne vous connaissiez même pas ?

— C'était il y a trois jours, répondit Juliette, et hier encore je l'ignorais.

Elle pointa un index espiègle dans ma direction :

— Romain l'ignorait aussi il y a un instant !

— C'est vrai, dis-je avec un sourire semi-ébahi, semi-contrit, cependant je suis ravi d'être pris en otage par une si délicieuse kidnappeuse !

Pierre posa devant lui le verre de bière qu'il portait à ses lèvres, massa pensivement son épaisse lippe entre ses doigts.

— Voilà un départ bien précipité, remarqua-t-il. Phuket est une grande île. Où allez-vous exactement ? En cette saison, vous aurez bien du mal à réserver à l'hôtel ou ailleurs. Tout doit être complet.

Juliette acquiesça d'un signe de tête.

— C'est vrai. J'ai passé toute la nuit sur Internet avant de trouver enfin une chambre à Patong.

— Patong ! s'exclama Aline. Tu ne voulais pas aller à Pattaya parce que c'est la capitale du vice thaïlandaise et vous allez atterrir à Patong dont la réputation douteuse n'est plus à faire !

— Je sais, mais j'ai l'habitude de voyager, et je ne suis pas inquiète. Arrivés là-bas, nous chercherons une location mieux située et mieux adaptée à notre culture. Heureusement pour nous, tout n'est pas sur Internet.

Juliette pressa ma main sur la table.

— Qu'en penses-tu ?

— Je te suis pieds et poings liés. Un peu de farniente en bordure de l'océan, même si ce n'est que pour quelques jours, nous fera le plus grand bien après la fascinante, mais trépidante et polluante Bangkok.

Juliette se pencha vers moi, m'embrassa sur le front. Je me tournai vers Aline et Pierre :

— Un seul regret, vous ne serez pas avec nous.

Mon géant d'ami haussa les épaules.

— Ce n'est pas grave. Nous aurons bien d'autres occasions de nous revoir à Paris ou ailleurs. Et puis, tu n'as pas le choix. Tu ne séduiras pas Aline, c'est ma femme. Quant à moi, avec mon physique de mammouth, à mon grand regret, je sais que je n'ai aucune chance de te plaire ! Allez, sauvez-vous ! En aucune façon, Aline et moi ne désirons assister aux prémices d'une grande histoire d'amour !

Juliette me regarda alors, avec des yeux si emplis de clarté qu'il me sembla que le ciel s'engouffrait en moi. Je luttai pour masquer mon trouble, tentai une pirouette verbale :

— Une grande histoire d'amour. Comme vous y allez ! Je m'appelle Romain, m'a précisé Juliette, et non Roméo. Et elle a bien raison. Je n'ai pas en effet l'intention de mourir demain. Je voudrais profiter d'elle, de son charme au moins durant toutes les vacances !

Je me penchai vers la jeune femme, emprisonnai ses tempes entre mes mains et déposai un baiser léger sur ses lèvres. Elle y répondit de la même façon, avec une retenue qui devait lui coûter, car je ne doutais pas de la force de l'ouragan qui nous emporterait bientôt quand nous serions enfin seuls.

8

Mon avion se posa sur le tarmac de l'île de Phuket à 18 h 30. Malgré toutes nos tentatives et l'aide d'Aline, le jet qu'avait retenu Juliette depuis plusieurs jours était complet et j'avais dû prendre un des suivants. Ainsi, la jeune femme était arrivée en fin de matinée à l'hôtel où nous devions résider.

Un taxi m'emmena bientôt vers Patong et jusqu'au Guest House Hotel où elle était descendue. Une heure plus tard, je pénétrai dans la chambre où Juliette m'attendait. Elle m'ouvrit la porte, m'attira vers elle, me plaqua contre elle plutôt, puis, ayant laissé ma valise échouée à mes pieds, elle m'attira vers le vaste lit, dont je sus ensuite qu'il serait témoin d'indicibles étreintes.

Indicibles est faible. Aucun mot, aucune expression ne pourrait en effet décrire ce qui se déroula ce soir-là, et les nuits et les jours suivants. Nos mots chuchotés, nos rires, nos gémissements, nos cris d'extase, étouffés pour ne pas importuner ou rendre jaloux les clients des chambres voisines, atteignirent des niveaux inoubliables. En ce qui me concerne, il me sembla accéder à ce que l'on pourrait qualifier l'infini de l'amour. Je n'étais plus moi, j'étais elle, et en toute simplicité je crois ne pas me tromper en affirmant qu'elle était un peu moi.

Quand après de multiples, d'acrobatiques assauts, épuisés, inondés d'une bienfaisante sueur, nous nous abandonnâmes à la fraîcheur des draps, Juliette posa sa joue contre mon épaule, une main sur mon cou, puis elle éclata en sanglots.

Je la pressai contre ma poitrine, inquiet soudain.

— Qu'as-tu ?

Elle soupira.

— Rien. Ou si peu... J'ignore ce qui m'arrive. Je n'imaginais pas connaître ça un jour. J'aurai bientôt la trentaine, et voilà que je me comporte comme une adolescente en folie, alors que je suis d'ordinaire très réservée.

Je relâchai mon étreinte pour mieux contempler la femme près de moi. Ce n'était pas sa nudité, parfaite d'ailleurs, que je consommais alors du regard, mais ses larmes roulant sur sa figure et habillant ses yeux d'un incomparable éclat.

— Juliette...

Je me tus, je ne savais que dire, terrassé par un trop-plein de félicité. Elle reprit, balayant ses pleurs d'un revers de main :

— Romain...

— Oui ?

— Je crois que je t'aime !

Je me penchai alors au-dessus de Juliette, l'ensevelissant sous mes baisers, puis, ma virilité retrouvée, je me glissai en elle avec douceur, respect, scandant mes caresses de mots qui déferlaient de ma bouche.

— Moi aussi je t'aime ! Je l'ai su dès que je t'ai vue. C'était si fort en moi que j'ai cru à plusieurs reprises que je pourrais mourir si tu ne répondais pas à mes futures avances, avances que je tardais à entreprendre, de crainte d'être rejeté !

— Pareil pour moi. J'ai tout de suite été attirée par toi. C'est inexplicable, mais c'est ainsi.

— Inexplicable ? Tu exagères ! Je suis beau, aimable, intelligent, ce qui ne gâche rien, et je fais particulièrement bien l'amour !

Aux larmes de Juliette succéda un grand éclat de rire.

— Ce sera tout ?

Puis, concentrée soudain, elle enlaça ma taille, enfouit sa bouche dans mon cou, répondit à l'appel de mes sens, en accéléra savamment le rythme, et nous sombrâmes à nouveau dans un tourbillon qui chavira nos chairs et nos âmes pour les précipiter dans des abysses inconnus.

Trois heures s'écoulèrent avant que nos corps consentent à se séparer. Après une longue douche prise en commun, pendant laquelle, émerveillés, nous découvrîmes ce que la pénombre de la chambre nous avait celé, nous descendîmes dans la salle du restaurant de l'hôtel. Salle est un bien grand mot. Quelques tables, cinq tout au plus, y somnolaient. Au bar, juchés sur de hauts tabourets, quelques Européens, Anglais et Allemands entre deux âges, consommaient sans désemparer bière et whisky en compagnie de jeunes et charmantes Thaïes chargées de leur faire passer des séjours agréables.

— Je meurs de faim, ronronna Juliette dans un soupir en s'installant sur une banquette flanquant une table.

— C'est curieux, tu devrais pourtant être rassasiée, tu m'as dévoré pendant des heures !

— Vantard !

Une serveuse trottina jusqu'à nous, s'inclina en joignant joliment ses mains devant elle.

Nous lui rendîmes son salut avant de lui commander deux bières du pays, puis un demi-poulet frites salade nous rappela ensuite que nous étions français. Notre festin, avalé avec gloutonnerie, se clôtura par une glace au chocolat nappée de chantilly.

La salle s'était vidée. Debout derrière le bar, la jeune Thaïe lavait des verres et les rangeait avec soin tout en nous observant en souriant.

— On fait quelques pas dehors ? proposa Juliette. Pas longtemps. Juste le temps de reprendre des forces avant d'affronter une nuit blanche !

Elle s'avança vers le comptoir, s'empara d'un plan de la ville mis à la disposition des touristes, puis nous nous engageâmes dans la rue de notre Guest House Hotel. Malgré l'heure avancée, une nuée de motos légères, chargées le plus souvent de couples, circulait sur la chaussée, se hâtant pour la plupart vers les quartiers chauds que la serveuse nous avait indiqués d'une croix sur le plan, convaincue que des Occidentaux étaient venus en Thaïlande, et surtout à Patong, exclusivement pour la bagatelle. Nous flânâmes un moment, évitant de nous tenir par la main, afin de répondre aux usages thaïlandais alors que nous déambulions dans l'une des capitales du stupre et de la fornication. Surprenant pays, mélangeant pudeur et libertinage effréné.

Nous remontâmes la rue sur quelques centaines de mètres, longeant restaurants, bars à bière et à filles, salons de massage, banques, agences touristiques, contournant les étals ambulants ayant installé chaises et tables sur les trottoirs et les contre-allées.

Puis nous rebroussâmes chemin, dans notre fiévreux désir de nous réfugier à nouveau seuls dans notre chambre afin d'y faire chanter nos corps et débiter tous les clichés que les amoureux, les vrais, échangent lorsqu'ils s'unissent pour la première fois.

9

Le lendemain matin, après un copieux petit déjeuner savouré à la terrasse de l'hôtel, plan en main, nous nous dirigeâmes vers la plage de Patong. Il nous fallut près d'une heure à pied pour y parvenir.

Construite au fond d'une baie, toute la ville en vérité s'étirait le long de cette plage de près de trois kilomètres. Une nuée de parasols et de transats à louer inondaient le sable fin, d'un blanc qui aurait été immaculé s'il n'avait été souillé par d'innombrables papiers et canettes vides n'ayant pas trouvé de poubelles pour leur ultime refuge. Splendeur et déchéance.

Juliette secoua ses épaules bronzées triomphant dans un léger débardeur rose si bien assorti à son short en jean, puis d'un ton désabusé elle déclara :

— Incroyable. Tout est conçu ici pour le business, mais l'hygiène…

Elle s'immobilisa, parcourut l'étendue d'un regard circulaire :

— On s'arrête là ?

— Oui, dis-je, mais profitons que la mer soit basse pour nous installer sur le sable. Je ne tiens pas à côtoyer de trop près toute cette foule affalée sur les transats.

— Tu as raison, je te suis.

Un instant plus tard, nos serviettes de bain étalées sur la plage, nous nous allongeâmes l'un près de l'autre. Pour très peu de temps. Bientôt, semblable au liquide amniotique d'une mère, l'océan nous accueillit. Nous y restâmes une heure durant, flottant langoureusement sur le dos, nageant sous l'eau transparente grâce aux masques et tubas que nous avions emportés pour observer des poissons colorés, effectuant parfois quelques brasses pour nous rejoindre et échanger de brefs mais délicieux baisers. Ce fut un moment d'équilibre parfait, de sérénité absolue.

Nous regagnâmes nos serviettes. Avec l'approche de midi, la plage s'animait, les transats se remplissaient d'une faune multiethnique aisée, consommatrice invétérée de Coca-Cola, de jus de fruits, d'alcools et de cocktails locaux. Un bruit sourd, lancinant de moteurs de hors-bord tirant des skis nautiques ou des parachutes à l'usage des touristes, assaillait nos tympans. Ces bolides sillonnaient les eaux, frôlant les zones réservées chichement à la baignade. Après leur courte et céleste virée au-dessus de l'océan et de la baie, les apprentis parachutistes, guidés par le moniteur thaï qui les accompagnait, atterrissaient sur le sable au risque, limité en vérité, de blesser quelqu'un.

Une heure plus tard, après avoir longuement badaudé les pieds dans l'eau, nous fîmes une halte réparatrice dans un restaurant dont la terrasse ombragée ouvrait sur la plage. Un plat de nouilles, agrémentées de légumes et de viande épicés, dévasta nos gosiers, nous fit tousser, pleurer, nous entraînant vers de fous éclats de rire et des regards complices, car nous avions choisi d'un commun accord cet aphrodisiaque destiné à survolter nos ébats futurs, que nous n'avions pas l'intention de restreindre, conscients que les heures, les jours à venir seraient parsemés d'irrésistibles, de prodigieuses étreintes. Une bière thaïe, la *Singha*, et de l'eau gazeuse éteignirent l'incendie qui brûlait nos papilles gustatives puis, un dessert, le *Khao niaw mamuang*, savant mélange de riz gluant, de mangue fraîche et de lait de coco, acheva d'apaiser nos gorges occidentales.

— Nous sommes vraiment faits l'un pour l'autre, hasardai-je en caressant le poignet de Juliette abandonné sur la table. Tu vois, nous sommes comme les vieux couples, nous mangeons les mêmes mets.

Elle pressa ma main avant de retirer la sienne, affirma :

— Nous ne serons jamais un vieux couple.

Le doute me tarauda alors. Qu'entendait-elle par là ? Me quitterait-elle bientôt, nos agréables vacances finies ? Notre union perdurerait-elle à travers les orages du temps, et ferions-nous alors de chaque jour un jour nouveau ?

Je n'osai pas lui poser la question. Puis, la chaleur devenant insupportable, nos pas nous conduisirent irrésistiblement vers notre hôtel où, pudiques, nous étions convenus que nous ferions une sieste avant de ressortir en fin d'après-midi pour découvrir le cœur de Patong, si toutefois cette ville en avait un. Nous sommes tous des menteurs. Il n'y eut pas de sieste. A peine engouffrés dans notre chambre, deux corps se dévêtirent à la hâte, se ruèrent à l'abordage l'un de l'autre, impatients de se redécouvrir, de fusionner, de ne plus en faire qu'un. La tempête achevée, les tempêtes devrais-je dire, nous restâmes une heure, sinon plus, enlacés, paisibles, muets ou presque, à déchiffrer avec extase le visage aimé.

Le soir venu, après un rapide dîner expédié au restaurant de l'hôtel, nous nous dirigeâmes vers le quartier chaud de la ville dont la rue principale, fermée à la circulation des voitures et deux-roues à partir dix-neuf heures, ouvrait sur le centre de Patong d'un côté et sur la plage de l'autre. A vingt-deux heures, une foule dense, composite, bon enfant – quelques parents se promenaient avec des bambins sur leurs épaules –, se baladait, assaillie par des rabatteurs les suppliant de se rendre dans tel bar à filles, tel go-go bar. Bien qu'immergés dans la multitude, il ne nous fallut que quelques secondes pour être abordés par des Thaïs des deux sexes brandissant des panneaux décorés de photos de femmes nues, de travestis participant à un *ping-pong show*, spectacle de deux heures au prix de 500 baths, boisson comprise. Une jeune Russe, d'une surprenante beauté, nous glissa sous le nez une affiche placardée sur un bout de carton, sous-titrée : « L'Amour Russian Girls », exhibant à nos regards des photos de danseuses blondes, capiteuses et nues elles aussi, tout en nous désignant du doigt le cabaret où nous aurions le privilège de les voir évoluer en chair et en… chair !

Nous poursuivîmes notre chemin, main dans la main, affirmant par là que nous étions ensemble et que nous ne désirions surtout pas être importunés. Partout, des musiques assourdissantes, censées imprimer le rythme à de jeunes cocottes et à des travestis, ondulant langoureusement, arrimés à des barres verticales placées à ciel ouvert, jaillissaient des bars et cabarets agglutinés des deux côtés de la rue piétonne, et se déversaient au-dehors.

Hommes, femmes, enfants de tous âges, de toutes nationalités, en un flot continu, circulaient, stationnaient, souriaient, s'interrogeaient, repartaient, s'engouffraient dans les innombrables bars et discothèques de la tentation. Çà et là, des vendeuses à la sauvette, vieilles, flétries, proposaient aux touristes des singes minuscules et apeurés scotchés à leur cou. D'autres, des cigarettes, et avec plus de prudence de la drogue, des préservatifs. Postés au milieu de la foule, des travestis, juchés sur d'immenses chaussures à talons, posaient pour des photos avec les touristes consentants, moyennant quelques baths et un baiser. Au prétexte d'une chaleur persistante, certains promeneurs, grands pour la plupart, ridicules et souvent imposants, déambulaient, torse nu ou en débardeur, mettant en valeur leur stature culturiste, rehaussée par une avalanche de tatouages, véritable pollution visuelle, d'un goût le plus souvent discutable.

— La plupart sont des Russes, affirma Juliette en désignant certains d'entre eux d'un mouvement du menton. Ils sont probablement là pour alimenter la prostitution et le trafic de drogue.

— Sans doute, dis-je. Pierre avait raison, et les guides aussi. Nous sommes vraiment dans une cité du vice. Après réflexion, je ne le regrette pas. Cela me sera peut-être utile un jour. Un écrivain se doit d'être témoin de son temps. Aucun sujet ne doit lui être étranger, même si sa sensibilité est mise à mal. Et là, j'avoue que je suis servi...

— Que nous sommes servis, précisa Juliette en blottissant sa tête sur mon épaule.

Elle s'arrêta, balaya d'un regard circulaire les cabarets, les enseignes criardes, les néons injuriant le ciel, la foule de plus en plus dense, avant de conclure :

— Bon, que faisons-nous ?

Je n'eus pas à répondre. Une adolescente, quinze ans tout au plus, nous fourrait sous le nez une affiche vantant, comme toutes les autres, un *ping-pong show*, affriolant à souhait, et pas cher du tout, nous expliqua-t-elle dans un anglais traînant et approximatif.

— Tu es écrivain, tu as besoin de tout connaître pour mieux en parler, me taquina Juliette, alors je te suggère que nous y allions, nous aurons ainsi l'occasion de boire quelque chose, je meurs de soif. Si c'est nul, on pourra toujours s'en aller.

J'adressai un sourire à la jeune fille, qui nous fit signe alors de la suivre. Elle s'engagea bientôt dans une rue adjacente beaucoup moins éclairée, moins chargée de décibels, empire des boîtes louches et des antres à prostituées. Nous nous enfonçâmes bientôt dans un corridor, puis une vaste salle nous accueillit, au centre de laquelle, sur une scène surélevée, quatre entraîneuses aux seins nus dansaient lascivement au son d'une musique thaïe.

Nous prîmes place autour d'une petite table ronde. Deux *Chang beer* furent posées devant nous pour apaiser notre soif, tandis que nos yeux ne rataient rien de ce qui se déroulait devant eux. Les entraîneuses, en vérité des travestis, quittèrent la scène pour être remplacées bientôt par une vraie femme, le clou du spectacle, celle que l'on allait revoir jusqu'à la fin, ses ahurissantes prestations étant entrecoupées de séquences de danse et de massages licencieux.

Je me penchai vers l'oreille de Juliette et soufflai :

— Je comprends à présent pourquoi les rabatteurs ne cessaient de nous baragouiner : *ping-pong show, ping-pong show* !

Ronde, petite, d'un âge très mûr, prostituée sur le retour sans doute, moche, intégralement nue, couchée sur le dos les jambes écartées pour offrir aux spectateurs la misère de son intimité, la femme rejetait de celle-ci des balles de ping-pong qu'elle y avait auparavant englouties, les expédiant avec une impressionnante adresse dans une cuvette placée sur le sol à près d'un mètre d'elle.

Juliette me dévisagea avec stupeur. Une moue de dégoût déformait ses lèvres.

— C'est répugnant, dis-je, mais attends, je crois que nous n'avons encore rien vu !

Et la suite fut incroyable. Avec la complicité de son vagin, la femme fuma ensuite une cigarette avec application, régla la circulation avec un sifflet, y engouffra de petits poissons vivants avant de les renvoyer un instant plus tard, toujours vivants, dans un bocal d'eau au-dessus duquel elle s'était accroupie. Des lames de rasoir, attachées ensemble par une ficelle, suivirent le même chemin avant de réapparaître sous les yeux de spectateurs rigolards, écœurés ou ébaubis. Quelques personnes, choisies au hasard, montèrent alors sur la scène. Chacune d'entre elles reçut un ballon de baudruche, qu'elle plaça à sa guise, tendu au-dessus de soi, sur le côté ou entre les jambes. La femme s'en éloigna de trois mètres, se coucha de nouveau sur le dos, une boîte emplie de fléchettes près d'elle. Elle en prit une, l'enfourna dans son intimité, se cambra, visa les cibles, et tira !

Un ballon fut crevé. Puis un autre, puis tous. Sans un loupé.

Le spectacle était terminé. Il allait se renouveler ainsi, en boucle, sans interruption jusqu'à l'aube.

Nous sortîmes très vite pour respirer de l'air pur. De l'air pur à Patong, était-ce possible ?

— Glauque de glauque ! murmura Juliette en réprimant un frisson.

J'abondai dans son sens.

— Immonde, répugnant ! Comment peut-on en arriver là ?

Située au bout de la rue piétonne, la plage s'ouvrit devant nous. Nous marchâmes un moment en silence sur la longue promenade où s'alignaient les cocotiers. Profitant de la complicité de la nuit, affairés à déchiqueter des sacs-poubelle, et dérangés par notre présence, deux rats filèrent entre nos jambes.

— Je crois que j'ai eu ma dose de Patong, me confia Juliette. Si tu es d'accord, demain on loue une moto pour plusieurs jours et on visite Phuket. Qu'en penses-tu ?

— J'adhère. Aline et Pierre affirment que c'est une île magnifique. Aussi magnifique que toi, conclus-je dans une douce étreinte.

Nous rebroussâmes chemin. Le quartier chaud brassait une foule toujours aussi dense. Les terrasses des bars à filles regorgeaient de clients avinés cherchant une proie consentante pour partager leur alcôve et souvent une terrible solitude. La musique, une bouillie de musique, continuait de se déverser dans les rues par les portes et les baies vitrées grandes ouvertes. Les petits singes continuaient d'afficher des regards apeurés ; inlassables, rabatteurs et rabatteuses continuaient de vomir leur répugnant message : *ping-pong show, ping-pong show* ! Tous continuaient de faire l'éloge de l'immonde, de l'horreur, de l'indicible.

Nous pressâmes le pas. La chambre nous accueillit, havre de silence, de paix. Nous nous glissâmes dans le lit. Pelotonnés l'un contre l'autre, immobiles, nos doigts effleurant doucement nos visages, nous demeurions silencieux, anéantis par ce que nous venions de vivre.

— Je t'aime, murmura Juliette.

— Moi aussi, je t'aime, dis-je, tu ne peux même pas imaginer à quel point.

— J'imagine, ronronna-t-elle, et toi, tu ne peux pas imaginer comme cela me rend heureuse.

Elle approcha sa bouche de ma figure, baisa mes lèvres.

— A demain, mon Romain. Ce show, tous ces gens partageant leurs instincts les plus vils, les plus bas, tout cela m'a un peu fatiguée.

Je lui rendis son baiser.

— A demain, ma Juliette.

Elle m'enlaça, posa son front contre mon dos, s'endormit aussitôt. Deux heures durant, j'écoutai son souffle régulier, deux heures durant, je remerciai le ciel de m'avoir permis de la rencontrer, puis je fermai les yeux à mon tour. Lors, un aimable, un grand sommeil réparateur me fit oublier les consternantes et menues turpitudes de ce monde.

10

Le lendemain, une petite moto 125 cm^3, louée pour quelques jours, nous emmena à la découverte de l'île. Dès l'aube, en parfait professeur d'histoire et géographie, Juliette avait épluché les guides de voyage dont elle disposait, afin, compte tenu d'un séjour limité dans le temps, d'étudier les multiples facettes d'un peuple, de sa culture et des paysages grandioses où il vivait.

Nous faufilant entre motos, voitures, poids lourds, nous multipliâmes alors les arrêts, visitant d'abord la côte ouest de l'île, située au sud de Patong. Karon Beach, station fréquentée surtout par les Scandinaves, à peine plus calme que Patong, et souillée elle aussi de détritus, nous permit cependant d'arpenter la longue plage de sable blanc et fin, et de nous abandonner une fois encore dans les eaux tièdes et accueillantes de la mer d'Andaman. Un déjeuner rapide dans un *food stalls* nous redonna des forces avant de reprendre notre périple alors qu'un soleil implacable frappait le ruban de la route sur lequel nous circulions. On fit halte quelques instants pour observer les petites et jolies plages, hélas, elles aussi submergées de touristes, de parasols et de transats de Kata Yai et Kata Noi.

Cependant, l'heure avançait, et notre but de la journée était avant tout la visite de l'extrême pointe sud-ouest de Phuket, reconnue comme étant un des plus beaux sites de l'île. Phrom Thep Cape, « cap de la Pureté Divine », nous accueillit dans un vaste parking surchargé de voitures, motos ou bus, déversant ou attendant leurs milliers de visiteurs accourus pour assister au coucher de soleil, réputé pour être l'un des plus romantiques au monde. Résignés, nous suivîmes le flot des badauds s'arrêtant à chaque instant pour cribler de photos amis, enfants, familles et élus de leurs cœurs.

Le paysage, il est vrai, méritait le détour. La mer d'Andaman, que nous surplombions, s'ouvrait sur une vue unique. Perchés sur un muret courant le long de la promenade – au diable la pudeur défendue par Pierre – étroitement enlacés comme la plupart des autres couples, occidentaux ou non, nous nous laissâmes imprégner par la beauté du monde. Parfois, souvent, devrais-je dire, Juliette tournait son visage vers moi, me souriait, soupirait avant de picorer mes lèvres de menus baisers. Et il me semblait que cela durerait toujours.

Comme la plupart des touristes, nous étions venus pour contempler le coucher du soleil. Il apparut enfin sur une mer scintillante d'éclats dorés, embrasa le ciel dans de subtiles flamboyances, se colora de rouge et d'orange avant de s'effacer doucement sur la ligne d'horizon.

Après une agréable étape dans un restaurant thaï encerclé par les cocotiers, perdu sur un coteau au-dessus de l'océan, nous prîmes le chemin du retour. A l'hôtel, une douche bienfaisante et des crèmes adéquates apaisèrent nos corps malmenés par les brûlures du ciel.

Puis les vertiges de l'amour nous saisirent encore, une fois étendus sur le lit. Ce fut un délicieux, parfois tempétueux combat. Ce fut un émerveillement des sens. Epuisée, Juliette rendit enfin les armes. Elle s'affaissa dans les draps près de moi, abandonna sa tête sur ma poitrine. Etonnée, une de mes mains rencontra son visage noyé de larmes.

— Tu pleures ? Pourquoi ?

— Parce que je suis heureuse. Jamais je n'avais ressenti cela. Toute cette fusion, toute cette plénitude... Pourtant j'ai vécu, je ne suis plus une enfant.

Je respirai à fond, conservai un moment l'air dans ma poitrine avant d'expirer lentement. Puis, timide soudain :

— Même chose pour moi. Je sais que nous nous connaissons à peine, mais je sais aussi que tu es celle que j'attendais.

Le jour suivant, nous parcourûmes la côte ouest située au nord de Patong. Hat Kamala, petite plage calme, plutôt propre, d'une courbe parfaite, offrant de beaux espaces entre les parasols et les transats, était surtout fréquentée par les Occidentaux. Profitant de cette paix relative, nous nous abandonnâmes, Juliette et moi, à un doux farniente marquant une halte dans notre course à la culture et aux mœurs de la Thaïlande. Eau, bronzage, marche, sandwichs et jus de fruits nous suffirent une partie de la journée puis, vers seize heures, cédant enfin à la mode du pays, Juliette me proposa d'aller nous faire masser en bordure de plage où plusieurs éventaires, ouverts à tous les regards, étaient réservés aux massages.

— Là au moins, dit-elle, faisant allusion à la pittoresque mésaventure que nous avait contée Pierre, tout le monde nous voit et nous ne risquons rien.

— C'est vrai, approuvai-je, et puis ce serait vraiment dommage de venir en Thaïlande sans goûter une de ses plus célèbres spécialités.

Un instant plus tard, nous étions à l'ombre bienfaitrice des arbres. Des chiens efflanqués semblaient surveiller les petits commerces ambulants et les stands de massage. Un ample panneau, fiché par deux pieds de bois dans le sol, annonçait la liste et le prix des soins :

Thai Massage 200
Foot Massage 200
Oil Massage 250
Pedicure + manicure 200
Body Scrub 450
Alovera after sun 450
Burnt 450
Herbal compress 450
Open 10 am - 10 pm

Une moue dubitative se dessina sur mes lèvres.

— Tout ça, c'est de l'hébreu pour moi. Pédicure et manucure, je comprends, *thai massage* ça doit être celui où ils nous piétinent avec leurs pieds en nous montant dessus, *herbal compress*, je devine, mais le reste… Je choisis *oil massage*. Je sais bien que c'est celui prisé par notre ami Pierre, mais ici il n'y a pas de box privés, nous sommes à la vue de tous, nous conservons nos maillots de bain, et, comme tu dis, en principe, ici, nous ne risquons rien.

Puis, faisant allusion aux pancartes de certains salons de massage que nous avions à maintes reprises vues à Bangkok, Patong et ailleurs, je conclus :

— Au moins ici on ne précise pas *sex massage* !

— Tu as raison, allons-y, approuva Juliette, ça nous détendra.

Un moment plus tard, nous étions allongés sur de robustes planches en bois supportées par des tréteaux et garnies d'une natte. Une femme entre deux âges, aux rides profondes, au sourire de circonstance, marquée par une vie sans doute difficile, me présenta un seau empli d'une eau trouble ayant, de toute évidence, déjà servi. Elle y introduisit mes pieds pour les rincer. Le massage débuta ensuite, monotone, vigoureux, désagréable, alimenté par une huile dont je craignais qu'elle fût d'un premier prix, insuffisante en tout cas pour me faire oublier les grains de sable disséminés sur mon corps qui irritaient ma peau.

Le supplice dura une heure. Pendant tout ce temps, j'avais en vain tenté d'observer les réactions de Juliette. Impossible : une matrone, une orque plutôt, était échouée entre nos deux couches. Consolation : pendant tout ce temps j'avais pu admirer les mains expertes de la masseuse voisine triturant au bas mot deux cents kilos de chair pâle roulant en vagues sous ses doigts !

— Ça t'a plu ? me demanda Juliette, alors que nous regagnions la plage pour aller piquer une tête, afin de nous débarrasser de l'huile qu'on nous avait généreusement appliquée.

— Non, ma masseuse aurait pu servir dans les GI's, et – je montrai ma poitrine et mon dos marqué par des éraflures – le sable s'est invité à nos ébats !

— Mon pauvre, tu n'as pas eu de chance, moi la mienne était parfaite.

Les jours s'enchaînèrent, riches en passion de nous-mêmes et du bonheur de découvrir en profondeur une région splendide et contrastée. Nos jambes et notre moto nous permirent d'explorer Phuket-Ville, les caps et les baies du Sud-Est. Chalong Bay nous retint quelques heures. Dans une grande anse où mouillaient les voiliers naviguant sur les mers du Sud, de nombreux bateaux proposaient des excursions vers les îles voisines : Ko Phi Phi, Coral Island, Raya. Bateaux de plongée et de pêche au gros, et bateaux charters chargés d'organiser d'énormes dîners-spectacles attendaient à l'ancre l'arrivée des clients.

Trônant sur une colline dominant l'île, un immense bouddha blanc, que l'on pouvait apercevoir à des kilomètres à l'entour, reçut aussi notre visite. Pour parvenir jusqu'à lui et au *Wat Chalong*, nous empruntâmes une route tortueuse et étroite perdue dans la jungle. Quand nous y arrivâmes, de nombreux fidèles maniant des bâtons d'encens et une foule de touristes avaient déjà envahi les lieux. De là, on pouvait admirer la baie de Kata, la côte de Karon et de l'autre côté le port de Chalong.

Sur le chemin du retour, une dizaine d'éléphants enchaînés par une patte, encadrés par quelques cornacs, attendaient dans une clairière que l'on voulût bien les louer à un prix exorbitant pour une promenade d'une heure dans la jungle. Ce que nous fîmes.

Nous manquions cependant de temps pour visiter tout ce que l'on aurait aimé. De retour à l'hôtel, Juliette plongea dans ses guides, puis, alors que je sortais de la douche, elle s'avança vers moi avec un sourire triomphant.

— Ça y est, je sais où nous irons demain !

— C'est-à-dire ? demandai-je en frottant mes cheveux mouillés avec ma serviette.

— Dans la baie de Phang Nga. C'est au nord-est de l'île. Ça fait une trotte. Il faudra partir tôt, si toutefois tu es d'accord ?

— Ça dépend. Qu'y a-t-il à découvrir ?

— Des sites prodigieux que tu connais déjà !

— Que je connais ?

— Oui, tu les as vus au cinéma. Tu aimes James Bond ?

— Sans plus.

— Tu as sûrement vu *L'Homme au pistolet d'or*, sorti en 1974 avec Roger Moore et Christopher Lee ? Il repasse souvent à la télé.

— En effet.

— Eh bien, il a été tourné dans cette baie. Si on a assez de temps et de la chance, on pourra peut-être s'arrêter à Ko Khao Phing Kan et devant le rocher voisin de Ko Tapu, qui ont fait le succès de ce film, grâce à leurs sites inoubliables.

Je laissai choir ma serviette sur le sol, m'emparai du guide que tenait toujours Juliette, le posai sur un guéridon, enlaçai la jeune femme.

— OK, nous irons si tu es gentille avec moi.

— Ne suis-je pas toujours gentille ?

Elle claqua un baiser sur le bout de mon nez, m'entraîna vers le lit, m'y bascula dans un grand geste joyeux puis, d'une voix hypocrite et alanguie, elle murmura :

— Déshabille-moi, je suis fatiguée.

11

Nous avions surestimé notre résistance. Pourtant partis tôt le lendemain matin, la circulation, les cahots de la route, l'inconfort d'une moto légère, la longueur du trajet, les assauts d'un climat tropical nous agressant de plein fouet nous empêchèrent de parvenir à Ko Khao Phing Kan, empire de « l'homme au pistolet d'or » et d'une masse compacte de touristes, qu'il aurait fallu trancher à la machette ou à la serpe pour parvenir à destination.

Quittant l'île de Phuket, au nord par le pont Sarrasin, nous avions toutefois atteint la baie de Phang Nga. Des paysages sidérants se succédèrent alors. Partout, la roche calcaire laissait apparaître des tunnels et des salles souterraines creusés par les vagues au cours des millénaires. Partout, des fissures favorisaient le travail d'érosion des eaux. Partout, végétation et arbres poussaient sur le flanc et au sommet de ces éperons étranges égratignant le ciel.

Un peu plus loin dans les terres, le spectacle était tout aussi fascinant. Notre moto s'engagea à plusieurs reprises sous des tunnels aux stupéfiantes stalactites, qui semblaient vouloir nous griffer au passage. Nous fîmes halte dans un parking, encadré par des marchands ambulants vendant surtout des colifichets locaux et de la nourriture. Autour d'eux, et sur une esplanade menant à des grottes, des nuées de singes allaient et venaient, jouant, se chamaillant, se séduisant avec des gestes sans équivoque lorsqu'ils n'étaient pas du même sexe, se précipitant vers les visiteurs, afin de mendier cacahuètes et autres menues offrandes. L'un d'eux cala sans cérémonie son postérieur sur les chaussures de Juliette pour savourer un morceau de gâteau lancé par un passant.

Après avoir mitraillé les environs avec nos appareils photo, moyennant une somme modique, nous nous enfonçâmes dans les entrailles de la terre, abritant, sur des centaines de mètres, un sanctuaire bouddhique, hérissé de stalactites et stalagmites éclairées de façon inquiétante par des néons. Un immense bouddha doré, d'une facture élancée, à demi couché sur le flanc, une main soutenant sa tempe, un bras allongé sur sa cuisse, semblait veiller à la sécurité des lieux.

Des escaliers peints en jaune, taillés dans la pierre, nous entraînèrent dans diverses grottes hantées par des éléphants et des statues et statuettes d'une saisissante beauté. Une fois encore, nous ne savions où laisser s'émerveiller nos regards, tant nous étions submergés par le raffinement de l'art thaï.

A la sortie de ce temple souterrain, patiente et désabusée, une guenon, perchée sur une table de bistrot ambulant, attendait qu'un mâle impudique voulût bien lâcher sa queue, qu'il avait soulevée pour vérifier, le nez sur son fondement, si madame serait prête, le cas échéant, à lui offrir ses faveurs.

Le retour vers Patong se fit par étapes, prévues pour nous restaurer et nous désaltérer. Durant un moment, la mangrove, dont les racines des arbres émergeant de zones envasées jaillissaient vers le ciel, nous encercla. Puis le béton, les rues bourdonnantes, les klaxons de voitures et de motos, reprirent le pas sur la jungle et sur les concrétions calcaires de la baie de Phang Nga.

Il était près de dix-neuf heures quand, exténués mais enchantés de notre journée, nous regagnâmes notre hôtel. Après une douche salvatrice, nous descendîmes dîner dans la petite salle du rez-de-chaussée. La fin de notre séjour arrivait. Demain, Juliette quitterait Phuket et la Thaïlande pour regagner la France et son collège à Dinan. Mon avion était prévu le jour suivant. Impossible de repartir ensemble, tous les vols étant saturés en cette période de haute saison.

Assis autour d'une table proche de la rue, nous regardions déambuler les passants.

Juliette me fixait avec un fond de mélancolie dans les yeux, qui la rendait plus belle, plus accessible, plus irrésistible encore.

— Voilà, c'est fini, murmura-t-elle.

Elle laissa peser un léger silence avant d'ajouter :

— La Thaïlande, pas nous.

J'emprisonnai ses mains dans les miennes, les pressai avec douceur.

— Dès mon retour à Saint-Malo, je t'appelle.

— Mon amour, conclut-elle avec une délicieuse simplicité.

Je luttai pour ne pas laisser paraître l'émotion qui m'avait envahi à ce mot utilisé, au fil des millénaires, par des milliards d'amoureux, avec plus ou moins de sincérité, et qui, soudain, parce qu'il s'adressait à moi, devenait unique, et je lançai avec un maladroit sourire :

— C'est notre dernier jour, il faut marquer ça, je prendrais bien un petit whisky.

— Même un gros, si tu préfères. De toute façon, je vais faire comme toi.

L'apéritif, disons les apéritifs – nous nous devions d'arroser notre rencontre et la fin d'un idyllique séjour –, les apéritifs, donc, furent suivis d'un fastueux repas thaï. Une fois encore, sans nous être concertés, nous choisîmes les mêmes mets : le *Tom Yam Kung*, bouillon de crevettes avec de la citronnelle, du galanga, du citron vert et des piments, et un *Kaeng Hang Le*, curry de porc légèrement épicé, accompagné de gingembre, cacahuètes et ail.

— Il y a des épices dans les deux plats, dis-je d'une voix lugubre. Cela te permettra de conserver un bon souvenir de moi, car, grâce à elles, je pourrai t'honorer toute la nuit !

Juliette me répondit par un sourire mélancolique et des propos lénifiants :

— Tu n'as pas besoin d'épices pour booster ta virilité, et puis nous n'allons pas nous quitter. Quelques jours seront vite passés. Nous demeurons à une demi-heure de voiture l'un de l'autre, et tu auras très vite l'occasion de me serrer à nouveau dans tes bras en criant que tu es fou de moi !

Une grimace amusée fripa ma figure.

— Décidément, tu connais bien ta nouvelle conquête !

Les prunelles de Juliette s'embuèrent.

— Mes conquêtes, on peut les compter sur les doigts d'une seule main. Les hommes m'emplissent de méfiance, voire m'épouvantent. Tu es un cas rare, exceptionnel. J'aime la solitude. C'est la première fois que j'envisage de partager un morceau de vie avec quelqu'un.

— Un morceau de vie, et je ne suis que quelqu'un ?

— Tut-tut-tut ! me taquina Juliette. Tu mendies des compliments, et je ne t'en ferai pas. Je rêve cependant d'un long, d'un très long chemin avec toi, peut-être davantage, mais il est trop tôt pour savoir si le temps ne tuera pas notre délicieuse liaison. Plus sérieusement, la seule chose que je puisse affirmer c'est que, comme toi, tout mon être se révolte à la pensée de te perdre, ne serait-ce que quelques jours. Pour l'instant, tu n'es pas un homme mais mon homme !

Nous étions dans un restaurant. Je ne pouvais me précipiter sur elle. Je la remerciai donc à ma façon. Un baiser, offert avec mes doigts, s'envola au-dessus de la table pour effleurer ses lèvres. Puis la conversation dériva sur ce que nous avions visité ce jour-là.

Le dîner fini, nos pas nous menèrent dans la rue pour une courte promenade digestive avant d'affronter le tumulte de l'alcôve, ralentirent pour s'arrêter bientôt devant un *phra phum,* ou maison aux esprits. Elevée sur un pilier, cette petite pagode, colorée avec soin, avait sans doute été érigée par les propriétaires du récent et luxueux hôtel voisin, afin d'accorder un refuge aux esprits chassés de leur logement par les travaux. Des offrandes quotidiennes de fleurs, de bâtonnets d'encens, de bougies et de nourriture, étaient censées attirer leur bienveillance, sinon leur neutralité, assurant ainsi la protection des nouveaux maîtres des lieux.

— C'est touchant, ces demeures aux esprits, dit Juliette, ce respect, cette crainte que les Thaïs ont de l'au-delà. Tu remarqueras que ces pagodes ne sont jamais bâties en un endroit qui risquerait d'être ombragé par les anciennes ou les nouvelles constructions, ce qui apporterait le malheur.

J'acquiesçai pensivement du chef, songeant à la richesse et à la diversité de la culture thaïlandaise.

Une demi-heure plus tard, de retour dans notre chambre, Juliette prépara ses valises pendant que, affalé sur le lit, je suivais à la télévision un documentaire sous-titré en anglais. Ses bagages bouclés, Juliette s'apprêta pour la nuit puis vint se coucher près de moi. J'éteignis la télé, pivotai sur le flanc pour mieux la contempler. Elle me regarda longtemps, silencieuse, comme étonnée d'être là, si près de moi, j'allais dire prête à me toucher. Elle me toucha d'ailleurs, plus tard, avec précaution, avec une douceur infinie.

Puis nous fîmes l'amour, expression laide, barbare, emplie de tout, de rien, de n'importe quoi, que l'on emploie lorsque deux êtres, parfois aimants, parfois indifférents, parfois étrangers une seconde plus tôt, se mêlent, s'accordent, se supportent ou se rejettent.

Il n'y eut rien de tout cela entre nous, ce soir-là. Nos âmes étaient de la partie. Nos gestes, lents, en quête de la plus infime, la plus subtile sensation, celle qui nous permettrait de conserver l'autre imprimé en nous, même lorsqu'il serait parti. Notre plaisir s'écoula comme un long fleuve tranquille. Il me sembla, un temps, atteindre la béatitude.

Le sommeil nous terrassa pourtant, au milieu de la nuit. Lorsque je me réveillai quelques heures plus tard, la couche près de moi était vide, les draps déjà froids. Je me levai. Une lettre rédigée avec soin, empreinte d'émotion et d'espièglerie, reposait sur le guéridon au pied du lit.

Mon Romain... pardon, mon Roméo puisque tu y tiens ! Je n'ai pas voulu te réveiller, tu dormais si bien, et puis je n'aime pas les adieux larmoyants. Je craignais que tu ne m'accompagnes jusqu'à l'aéroport. Pas adieu donc, mais au revoir. A très bientôt. La porte n'est pas encore refermée sur toi que je souffre déjà de ton absence ! Mon Dieu, je deviens stupide en vieillissant ! J'invoque Dieu alors que je suis irrémédiablement athée ! Je m'arrête là, car si je continue, je vais chiffonner ce papier, défaire mes valises et m'enfouir dans tes bras ! Et tant pis si je suis virée de l'Education nationale !

Bien, redevenons un peu sérieuse, même si cela me coûte. Je te regarde, non, je te dévore des yeux. Tu dors. Tu es apaisé. Tu es mien. Je t'aime. A tout à l'heure, en Bretagne.

Ta Juliette.

12

Il me restait une journée à vivre à Patong, mon avion étant prévu pour le lendemain. Je fis une toilette soignée par réflexe, ma tête étant ailleurs, plongée dans les souvenirs de la veille. Ayant rapporté la moto à l'agence où nous l'avions louée, et récupéré mon passeport, je me dirigeai à pied vers le centre de la ville, et je m'immergeai bientôt dans l'immense complexe commercial réunissant sur plusieurs étages un nombre considérable de galeries et de larges espaces consacrés au luxe, au petit négoce, à la restauration. Ainsi, les magasins proposant L'Oréal, Dior, Givenchy, Estée Lauder voisinaient avec des boutiques vantant des eaux de toilette et des parfums bon marché. Les robes les plus raffinées, les sacs Vuitton étaient exposés un peu plus loin, concurrencés par leurs contrefaçons. On pouvait se chausser, se coiffer, acheter des bijoux, des colifichets, des souvenirs à tous les prix, dans une atmosphère tout à la fois huppée et bon enfant.

Je traversai rapidement toutes ces allées couvertes, éclaboussées par des enseignes et des néons, et choisis une sortie conduisant au quartier chaud, puis à la plage. On était en fin de matinée, et les bistrots, alignés le long de la célèbre rue piétonne, attendaient, fatalistes, le chaland qui dormait encore. Plusieurs filles, accoudées au bar ou patientant à une table, m'adressaient de petits signes de connivence, me conviant, dans un anglais besogneux, à m'arrêter pour leur offrir un verre. Je passai outre, n'éprouvant nullement le désir de trinquer avec elles pour ensuite leur suggérer de m'accompagner à mon hôtel.

Je rejoignis la mer, longeai le trottoir où prospéraient échoppes, magasins et restaurants. Il était encore tôt pour déjeuner. Un « *Mââssage, mââssage* ! » émis par une jeune fille, une adolescente plutôt, au sourire enjôleur et à la voix traînante et fragile, me décida à la suivre dans sa boutique où, installés derrière la vitrine, des clients se faisaient bichonner le visage ou les pieds. Je conservais un mauvais souvenir de mon massage sur la plage où un sable irritant s'était invité dans les pores de ma peau. Je n'oubliais pas, non plus, la mésaventure de Pierre et de son travesti, mais je ne voulais pas quitter la Thaïlande sans avoir apprécié un véritable massage. Or, ce salon ayant pignon sur rue me paraissait à l'abri de toutes les turpitudes.

La jeune fille m'entraîna dans l'arrière-boutique où, comme nous l'avait expliqué Pierre, des nattes s'étalaient sur le sol dans de petits box séparés les uns des autres par de simples rideaux.

Elle me demanda ensuite de me dévêtir, m'invita d'un geste â ôter mon slip, ce que, contrevenant aux usages du pays, je refusai de faire car ma masseuse me paraissait plus proche de l'enfance que de l'âge adulte. Dépitée, elle disparut alors un assez long moment avant de revenir avec des serviettes et de l'huile. Puis, les rideaux ayant été soigneusement tirés, le massage commença. Toutes les parties de mon corps reçurent ses soins. Entre mes paupières à demi closes j'observais l'adolescente s'activer au-dessus de moi. Menue, maigre même, trente-cinq kilos tout au plus, elle œuvrait avec adresse et application, et j'appréciais ses petites mains malaxant mon corps. Quel âge pouvait-elle donc bien avoir ? Treize, quatorze ans tout au plus ? J'allais lui poser la question quand, soulevant la serviette posée sur mon ventre et mes hanches, elle empoigna mon slip et ce qu'il y avait dessous dans une de ses mains, tandis que l'autre, placée devant sa bouche grande ouverte, mimait, avec un sourire et un ébouriffant réalisme, le rituel de la fellation.

Un « OK ? » explicite, bien que prononcé à voix basse, retentit alors.

J'attendis quelques secondes avant de réagir. J'étais, je l'avoue, stupéfait. L'aspect convenable du salon, la patronne souriante et digne, l'âge de la gamine m'avaient fait augurer d'une séance sans surprises. Je m'étais lourdement trompé. Agacé, je secouai négativement la tête.

— OK ? OK ? répéta l'adolescente d'un ton hystérique, oublieuse des autres clients recevant des soins dans les box voisins.

— *No. The end !* dis-je en lui faisant signe de s'écarter.

Je me levai, saisis une serviette pour essuyer l'huile risquant de tacher mes vêtements puis, m'étant rhabillé à la hâte, je quittai le box à grands pas.

Cette lamentable prestation réglée, je retrouvai le trottoir avec soulagement. Je traversai la rue pour gagner l'ombre de la contre-allée bordée de cocotiers, slalomai entre les éventaires en plein air, et m'engageai sur la plage.

La mer étant haute, j'eus beaucoup de mal une fois de plus à trouver un espace pour étendre ma serviette sur le sable. Je m'abandonnai ensuite à la tiède caresse des vagues, mes pensées s'évadant vers Juliette qui, après son arrivée à Bangkok, devait voler vers Doha puis la France. Une poignée de touristes, hommes et femmes, se baignaient près de moi. Je les observai avec curiosité. Ils parlaient fort en anglais et en russe, riaient, chahutaient, s'éclaboussant comme des enfants. Un jeune Thaï, préposé au service des boissons et en-cas pour les occupants des transats, s'engagea dans l'eau jusqu'à la taille, chargé d'un plateau de bières et de jus de fruits, et distribua ceux-ci à mes voisins. Tous trinquèrent, puis firent cercle pour bavarder gaiement et fort, tout en sirotant leurs boissons. Leurs libations achevées, sans s'être le moins du monde concertés, tant cela devait leur paraître naturel, ils balancèrent leurs canettes dans la mer avant de se remettre à leurs jeux.

« Il est temps que je quitte ce foutu pays », pensai-je, écœuré et, luttant avec colère contre la marée descendante qui voulait m'entraîner vers le large, je rejoignis la plage.

DEUXIÈME PARTIE

13

Trois jours plus tard, j'étais à Saint-Malo. Les vacances de février étaient terminées. Nous étions mardi. J'avais oublié de demander son emploi du temps à Juliette, et je ne lui avais pas téléphoné, craignant de la déranger au collège ou de tomber sur son répondeur. De toute façon, elle savait que je rentrais aujourd'hui. Elle savait aussi que je ne manquerais pas de l'appeler au moment opportun.

Mes bagages rangés, un petit coup d'aspirateur passé dans tout l'appartement, je m'assis devant mon bureau où une épaisse liasse de courrier, ramassé au passage dans la boîte aux lettres, que je n'avais pas encore eu le temps de consulter, me narguait. Je jetai un œil à ma montre : 18 heures.

Juliette ayant sans doute fini ses cours devait être de retour chez elle. Je m'apprêtais à prendre mon portable quand celui-ci sonna.

— Allô ?

C'était elle.

— Excusez-moi, je suis bien chez Romain Le Garrec ?

— Qui le demande ?

— Canaille !

La voix riait au téléphone.

— Une canaille qui est folle de toi !

— Je sais. Moi aussi, je t'aime bien.

— Méchante ! Je t'adore !

Il y eut un léger silence durant lequel chacun savoura dans le récepteur la respiration de l'autre. Puis Juliette se lança :

— Quand se voit-on ?

— Quand tu veux, mon cœur.

Un soupir caressa délicieusement mes oreilles.

— Je brûle de te serrer dans mes bras, mais ce soir c'est trop juste, j'ai mes cours à préparer, et, avec le voyage et le décalage horaire, tu dois être fatigué...

— C'est vrai. On se voit demain ?

— Oui, je ne travaille pas le mercredi après-midi, et je vais profiter de ce soir pour m'avancer pour jeudi. Ainsi, nous pourrons vraiment passer quelques heures ensemble.

— Veux-tu que je te rejoigne à Dinan ?

— Non, c'est moi qui viendrai, cela me donnera l'occasion de découvrir ton antre d'écrivain.

— Antre est un bien grand mot, ma bibliothèque et mon bureau sont des plus modestes. Comme tous les immenses créateurs, mon œuvre est dans ma tête. J'appuie sur un bouton et ma matière grise, mes neurones se bousculent, exigent que je trie sur le papier, dans un ordre parfait, les innombrables et incroyables idées qu'ils me proposent.

— Prétentieux !

— Je constate que tu me connais, même s'il n'y a pas longtemps que nous nous sommes rencontrés. Je plaisantais, bien sûr ! Je suis tout sauf prétentieux. Ecrire nécessite une perpétuelle, une incessante remise en question de soi et de ce que l'on a envie de faire partager au lecteur. Chaque fois que j'entame un chapitre, j'ai peur. Peur de décevoir, peur d'être en dehors de la vérité des êtres, peur de ne pas être témoin de mon temps. Mais mon humour à deux balles me fait dériver. Oui, viens me retrouver demain, tu as mon adresse. Je ne bouge pas. A quelle heure penses-tu être là ?

— Je termine à midi. Le temps de faire la route. Dinan-Saint-Malo, ce n'est pas loin, trente kilomètres, peut-être. Ecoute, disons vers une heure, à cette époque de l'année je pense que je n'aurai pas de mal à me garer tout près de chez toi.

— Entendu. Moi aussi, je brûle de te revoir.

— Ah, quand même, tu consens à me l'avouer !

— Mon âme…

Il y eut un autre silence, à peine plus long, un silence où nous savourâmes la présence de l'autre, un silence que je fus le premier à briser :

— C'est fou, il y a quinze jours j'ignorais ton existence, et maintenant…

— Maintenant ?

— Toi, je ne sais pas, mais moi…

— Moi ?

— Je suis comme un gamin devant un sucre d'orge géant. Je rêve de t'engloutir tout entière, mais je ne sais pas si j'y arriverai. Peut-être suis-je trop glouton ?

Un petit rire roula dans le téléphone jusqu'à moi.

— Trop glouton, nous le saurons demain. Je te promets de tout faire pour t'ouvrir l'appétit !

— Promis ?

— Promis. Je t'aime.

— Je vais te paraître horriblement banal, mais tant pis, je vais te le dire : moi aussi je t'aime.

— Demain treize heures, je file préparer mes cours. Bisous, bisous, partout, et même ailleurs.

Je n'eus pas le loisir de lui débiter d'autres fadaises amoureuses, elle avait raccroché. Je quittai mon bureau, m'avançai vers une des croisées de la salle de séjour ouvrant sur la rue. Un ciel d'hiver bas et changeant rasait la mer au loin. Il ne pleuvait pas, mais cela menaçait. J'enfilai un ciré et je descendis me promener sur le Sillon. Je m'attardai un moment pour observer, pensif, les impressionnants pieux en bois scellés en profondeur dans le sable et alignés le long de la digue pour servir de brise-lames puis je poursuivis mon chemin, avalant à pleines goulées ces effluves gorgés de sel, de vent, de varech, de goémon, qui avaient le don de m'équilibrer et de me donner la force d'exister.

Elle sonna à treize heures précises, dit : « Tu vois, les profs sont toujours ponctuels », sombra dans mes bras, m'embrassa, me repoussa un peu, me retint devant elle, ses doigts serrant mes épaules afin de mieux me contempler, puis elle enfouit son front contre ma poitrine et avoua :

— Quelques jours, c'est parfois très long !

— C'est vrai, dis-je, mais viens, ne restons pas dans le vestibule.

Sa main dans la mienne, je la guidai à la découverte de mon univers. Un univers ordinaire de célibataire endurci, rangé et entretenu avec soin, parce que j'ai toujours été un maniaque de la propreté, à l'exception de mon bureau où un aimable désordre régnait. Se situant en Polynésie, mon roman en cours exigeait en effet une impressionnante documentation, et celle-ci était étalée sur les deux tables, les chaises et le fauteuil meublant la pièce.

Je fis ensuite visiter à Juliette la salle de séjour où j'avais dressé le couvert, puis la cuisine où mijotait un pot-au-feu.

Les narines de la jeune femme frémirent.

— Hmm, ça sent bon ! Tu es maître queux en plus ?

— Non, il a été préparé par Jeanne, ma femme de ménage. Tu auras peut-être l'occasion de faire sa connaissance. Elle travaille ici deux matinées par semaine. C'est une dame assez âgée, d'aspect plutôt revêche, mais elle a un cœur d'or. Elle est très méticuleuse, et parfois elle me sauve du ridicule, comme aujourd'hui, quand je reçois, car elle cuisine divinement.

Juliette me répondit par un sourire amusé.

— Viens, je vais te montrer le reste.

Une minute plus tard, nous étions dans la chambre d'amis.

— Tu vois, dis-je, tu pourras coucher là quand tu auras la bonté de faire une halte chez moi.

Juliette émit un petit gloussement.

— C'est ça, oui. Et toi, où dors-tu ?

Je l'emmenai dans ma chambre. Elle parcourut la pièce du regard, médita devant la vaste et rustique armoire bretonne, les rayons de bibliothèque, écrivain oblige, habillant les autres murs. Le lit, d'un mètre soixante de largeur, encadré par deux chevets munis chacun d'une lampe, retint toute son attention. Elle pivota vers moi.

— Tout est prévu pour bien recevoir tes amies !

— Je dors la plupart du temps seul, mais j'aime me reposer bras et jambes écartés.

— La plupart du temps seul ? feignit de s'étonner Juliette.

Puis elle me poussa sur le lit, m'y fit tomber et se rua sur moi. Ce fut alors un doux combat, entrecoupé de rires, de soupirs, de menus cris d'allégresse. Nos corps se retrouvaient, se confiaient l'un à l'autre, s'abandonnaient, se reprenaient, s'émerveillaient d'être ensemble. Je bondis soudain, me précipitai, nu, vers la cuisine, lançai par-dessus mon épaule :

— Merde, mon pot-au-feu !

Je revins bientôt, un sourire rassurant aux lèvres :

— Ça va, le jus s'est pas mal évaporé, et il est un peu sec, mais il sera mangeable.

— A propos de manger, remarqua Juliette en s'étirant langoureusement, j'avoue que notre petit pugilat m'a ouvert l'appétit !

Je jetai un œil à ma montre :

— Quinze heures ! En effet, il serait temps de déjeuner. Chère amie, poursuivis-je en enfilant mes vêtements, veuillez me suivre, je vous prie.

Un instant plus tard, nous étions à table. Juliette eut la charité de me dire qu'elle adorait mon pot-au-feu, bien que viande et légumes fussent un peu, sinon beaucoup, démêlés. Un médoc millésimé, ouvert avec respect le matin même, acheva de lui faire oublier notre légère infortune.

Durant le repas, nous évoquâmes nos vacances. Je lui rapportai mes dernières expériences thaïlandaises après son départ : mon massage avorté avec une gamine et les touristes balançant leurs canettes vides dans la mer. Elle hocha la tête avec tristesse :

— C'est un beau, un splendide pays, dont nous n'avons visité que des parcelles, mais c'est vrai que le pire et le meilleur y cohabitent. Crasse, tolérance sexuelle excessive, et pas que dans les quartiers chauds, modernisme échevelé et incontrôlé sont de véritables fléaux. Je me demande s'ils sauront réguler cela un jour.

J'acquiesçai du menton.

— Ce que tu dis est vrai, mais je ne pense pas qu'ils aient envie de réguler quoi que ce soit. Le tourisme représente une part non négociable de leur gagne-pain.

Je me levai pour débarrasser.

— Installe-toi dans un fauteuil, le temps que je mette un peu d'ordre, dis-je.

Juliette se leva à son tour.

— Pas question, je vais t'aider.

Un ravissant sourire éblouit son visage.

— Il faut bien que j'apprenne à ranger ta vaisselle si je veux avoir une chance d'être réinvitée un jour chez toi !

Un quart d'heure plus tard, nous déambulions sur la plage. Nous étions début mars. Les jours commençaient à rallonger, mais il était déjà près de dix-huit heures, et le soir menaçait. Au-dessus et autour de nous, avec la marée montante, les mouettes se regroupaient en se chamaillant. Je m'arrêtai pour contempler la mer. Une eau grise se ramassait en vagues nerveuses, déferlant ensuite, écumantes, sur le sable.

— Que c'est beau, dis-je, en caressant l'épaule de Juliette pelotonnée contre moi.

— C'est plus que beau, c'est grand !

Elle tourna son visage vers moi, ajouta :

— Tu aimes Saint-Malo.

— C'est une question ?

— Non, une constatation. Je me trompe ?

— Non, mais d'une façon générale, c'est tout le littoral breton que j'aime. J'aime aussi voyager. J'aime notamment la Thaïlande parce que j'y ai des amis chers, et parce que je t'y ai rencontrée, mais à l'inverse d'Aline et de Pierre, je serais incapable d'y pondre une seule ligne. J'ai besoin de la rusticité du granit, de toute cette force qui nous entoure ici pour écrire mes livres.

Juliette glissa sa bouche dans mon cou pour y déposer un baiser, puis :

— Et Dinan, tu connais ?

— Oui. C'est une cité magnifique. J'y vais souvent. J'apprécie surtout la vieille ville et la promenade le long des remparts. Mais pourquoi me demandes-tu ça ?

— Devine !

Je levai un doigt interrogateur :

— Parce que tu y habites ?

Nouveau baiser, plus appuyé cette fois, sur ma tempe.

— Oui, et parce que je t'y invite le week-end prochain, si ton emploi du temps te le permet.

Je pressai Juliette dans mes bras et, la plage étant déserte en cette journée d'hiver, je l'embrassai avec fougue.

— C'est entendu, dis-je enfin après avoir repris mon souffle, je découvrirai ainsi ton petit univers.

Juliette me décocha une bourrade.

— Petit univers ! Pourquoi petit ? Si tu parles de mon lit, c'est vrai, il faudra se serrer, il est moins imposant que le tien !

Un rire plus tard, main dans la main, nous regagnâmes sa voiture, car le lendemain ses élèves réclameraient son savoir, et elle avait encore des cours à préparer.

14

J'examinai un moment une vieille maison de granit place du Champ avant de gravir les deux étages menant à l'appartement de Juliette. Je n'eus pas à sonner. La porte s'entrebâilla, s'ouvrit toute grande, et une charmante créature blonde aux insondables yeux verts s'empara de la belle orchidée que je lui avais apportée, me remercia pour cette offrande par un : « Tu es adorable ! », avant de se blottir contre moi en quête de câlins que je m'empressai de lui prodiguer sans compter. Elle m'entraîna ensuite dans son sillage afin de me faire visiter les lieux.

Une salle de séjour assez petite, une cuisine spacieuse, une salle d'eau avec W-C, deux grandes chambres, dont l'une servait de bureau, composaient l'univers de Juliette. Un univers équipé d'un mobilier en teck, en toc, le strict nécessaire pour ranger un peu de vaisselle, de linge de maison et de vêtements. La jeune femme dut sentir le poids de mon regard, car elle se justifia aussitôt :

— Je suis en location. J'ai été nommée professeur à Dinan quand j'ai décroché mon Capes, alors que je suis originaire du Raincy, en banlieue parisienne. Au départ, je n'avais pas l'intention de rester ici, c'est la raison pour laquelle j'ai acheté des meubles premier prix, afin de ne pas m'imposer un déménagement au moment de ma mutation. Et puis, tu vois, ça fait quatre ans que j'enseigne à Roger-Vercel, quatre ans que j'étudie avec passion une région au passé riche d'histoire, et je suis toujours là, d'autant que certains de mes collègues sont devenus des amis. C'est d'ailleurs par leur intermédiaire que j'ai fait la connaissance d'Aline et de Pierre.

Elle marqua une courte pause avant d'ajouter :

— Et maintenant, il y a toi !

— Il y a toi, ronronnai-je, il y a toi ! Que j'aime entendre ta voix, quand tu parles ainsi…

Après avoir fait le tour des chambres nous étions revenus dans la salle de séjour. Juliette me fit signe de m'asseoir dans l'un des deux fauteuils placés en vis-à-vis devant une petite table basse sur laquelle elle déposa l'orchidée avant de s'installer à son tour en face de moi.

J'admirai un moment la finesse des chevilles, le délié des genoux, le galbe délicieux des mollets et de la naissance des cuisses de la jeune femme, vêtue d'une jolie robe mauve sculptant avec élégance ses formes désirables.

— Comme tu es loin ! dis-je.

— Je suis loin, c'est vrai, répondit-elle, à des années-lumière de toi, mais de là au moins je peux te contempler tout mon soûl.

Un petit sourire espiègle filtra sur son visage, puis :

— Tu comprends, si j'étais sur tes genoux, nous ne serions que brasier, fusion, nous aurions des pensées exclusivement coquines. Là, j'ai toute latitude pour dompter l'animal qui rôde en moi, je peux analyser ce qui m'attire en toi, ce qui me pousse à te revoir, ce qui explique que, lorsque tu n'es plus là, le monde cesse d'exister.

Je tendis les mains vers elle :

— Approche !

Elle s'assit sur le sol à mes pieds, emprisonna mes jambes de ses bras, logea sa tête dans mon giron, immobile et silencieuse. Je glissai mes doigts dans la soie de ses cheveux, caressai avec précaution la nuque offerte.

Un quart d'heure s'écoula sans que nous éprouvions le besoin de bouger, de parler. Puis :

— Nous voilà un vrai couple, dis-je, nous avons atteint la plénitude.

Juliette décolla sa joue de mes cuisses, leva ses prodigieux yeux vers moi, sourit comme si elle sortait d'un songe, murmura :

— Un vrai couple qui ne séjourne pas sous le même toit.

— C'est juste, mon cœur. Je vais t'avouer quelque chose de très midinette, très cul-cul, mais de sincère, je serais fou de joie si nous décidions de vivre ensemble.

Juliette se leva, s'ébroua, m'extirpa de mon siège en me tirant par les poignets, dit :

— Et moi itou ; néanmoins, avant de faire un choix définitif, je dois vérifier quelque chose.

Puis, m'ayant pudiquement embrassé sur le front, elle me guida vers son lit, dont elle avait au préalable entrouvert les draps pour mieux nous accueillir.

Ce fut un week-end de rêve, un de ces week-ends dont on se souvient toute une vie. J'étais arrivé vers seize heures, ce samedi-là, Juliette préférant préparer ses cours et corriger une liasse de copies avant ma venue, afin d'être libre ensuite pour se consacrer entièrement à moi.

Ce soir-là, après des ébats empreints de fougue et de tendresse, Juliette me proposa d'aller dîner dehors. Un froid piquant et les tilleuls dénudés de la place Du Guesclin voisine nous rappelaient que nous étions toujours en hiver. La tour de l'Horloge, la place des Merciers, et la pentue rue du Jerzual, flanquée de maisons des XVe et XVIe siècles abritant sculpteurs, graveurs, tisserands et fileurs de verre, m'arrachèrent de grands soupirs et des hochements de tête admiratifs.

Passionnée d'histoire et pour cause, c'était son métier, Juliette m'expliquait tout ce que nos yeux découvraient. Ainsi, et je m'arrêterai là, j'appris que le Jerzual était autrefois la rue des artisans, des bourgeois et des marchands.

— Et ce pavé, demandai-je en désignant l'un d'entre eux qui défilaient sous nos pas, sais-tu qui l'a posé là, et quand ?

— Tu es encore pire que mes élèves, fit mine de se rebeller Juliette, en se détachant de mon bras qu'elle s'était approprié, pour me décocher une pichenette dans le cou. Eux au moins, ils ne sont pas insolents !

Puis elle m'enlaça derechef, effleura ma joue d'un baiser et, ralentissant devant une crêperie, consulta la carte avant de se tourner vers moi :

— On dîne là ? Qu'en penses-tu ?

— Si ça te fait plaisir.

C'est ainsi que nous savourâmes bientôt à la bolée un cidre bouché breton, brut, de belle tenue, en attendant les galettes que nous avions commandées.

Juliette me dévisageait d'un regard insistant.

— Monsieur Le Garrec, me dit-elle tout à coup d'un ton incisif, nous nous sommes rencontrés il y a très peu de temps, nous envisageons de vivre ensemble ; or, à part le fait que vous êtes écrivain, je ne sais rien de vous.

— Que désirez-vous savoir, chère Juliette ?

— Qui êtes-vous ? Avez-vous une autre amie, êtes-vous marié, divorcé ? Avez-vous des enfants ? Des parents ? Si oui, que font-ils ? Où demeurent-ils ?

Je pressai la jolie main enfouie dans la mienne.

— C'est vrai, chère âme, répondis-je, jouant l'emphase, comme tout bellâtre, j'étais tellement fasciné par votre charme, vos appas que, restant sans voix, j'ai oublié de me présenter. Ecrivain, je le suis, et vous le savez déjà. Marié : non. Des enfants : pas un seul à l'horizon. Célibataire non endurci ayant connu quelques éphémères aventures, oui. Quant à des parents, j'en ai deux, bien vivants. Ils résident à Dinard. C'est une des raisons qui expliquent que je loge à Saint-Malo. Je suis leur fils unique, et je tenais à ne pas être trop éloigné d'eux. Voilà, et vous, en dehors d'un professeur d'histoire et géographie, que je devine de qualité, et une femme disposant d'un physique à rendre jalouses toutes les stars du show-business et du cinéma, qui êtes-vous ?

Devant pareils compliments, le rouge empourpra les joues de Juliette. Elle avala discrètement sa salive, sourit, émue, gênée.

— Qui suis-je ? dit-elle enfin, j'aimerais le savoir. Je suis célibataire. Et exigeante. Comme toi, j'ai eu quelques aventures, mais sans lendemain. La chair pour la chair, cela ne m'intéresse pas. J'attendais quelqu'un avec qui le corps et l'âme ne font plus qu'un, avec qui le corps et l'âme exultent ensemble. Ce quelqu'un... je crois que c'est toi.

— ...

— Quant à ma famille, mon père est mort prématurément à la suite d'un cancer du côlon qui s'est généralisé très vite alors qu'il avait à peine cinquante ans. Ma mère n'a pas supporté sa disparition. Un an plus tard, elle a perdu la tête et on a dû l'interner. Au début, j'allais la voir, et puis j'ai arrêté : elle ne me reconnaissait pas, et ça tu ne peux pas imaginer comme c'est déchirant.

Juliette s'interrompit pour se moucher. Elle écrasa une larme furtive.

— Excuse-moi, dis-je, je ne voulais pas te faire de peine.

Elle haussa les épaules, rangea son mouchoir dans son sac. Le serveur apportait les galettes. Pendant quelques instants, le bruit des couverts et de nos mâchoires meubla le silence qui s'était installé.

— Ma galette campagnarde est bonne, dit finalement Juliette, et la tienne ?

— Parfaite.

Deux bouchées et une lampée de cidre plus tard, je demandai :

— Tu as des frères et sœurs ?

Juliette conserva sa fourchette en suspens devant sa bouche, opina du menton.

— Une sœur. Une sœur de quatre ans mon aînée.

— Vous vous voyez souvent ?

— Jamais. Amélie est le contraire de moi. J'étais studieuse, faite pour les études, elle ne fichait rien à l'école, ne s'intéressait qu'à la bagatelle, aux garçons, aux futilités de l'existence. Elle s'est disputée avec mes parents, puis un beau jour elle s'est enfuie. On a appris plus tard, par une de ses anciennes copines, qu'elle vivait en concubinage à Madagascar avec un planteur malgache, et que cela se passait plutôt bien. J'ignore si elle a eu des enfants, on n'a reçu aucune nouvelle d'elle depuis son départ.

— Eh bien...

Juliette m'adressa un sourire désabusé qui la rendait plus belle encore.

— Inutile de te préciser que mes parents ont été très marqués par sa disparition. Alors, quand papa est mort, ç'a été le coup fatal pour la santé mentale de maman. Tu comprends maintenant pourquoi je n'ai pas demandé de mutation pour quitter Dinan. Je n'avais nulle part où aller...

Je me penchai au-dessus de la table pour embrasser Juliette sur le front.

— A présent, je suis là, dis-je en me rasseyant, et je serais heureux que tu viennes habiter chez moi, à moins que tu ne préfères demeurer à Dinan ?

Un nuage voila quelques secondes les prunelles de la jeune femme. Elle était de toute évidence perdue dans ses pensées, ressassant son passé. Elle leva les yeux vers moi, me scruta avec un regard aigu de chirurgien.

— Je sais que tu es là, dit-elle, je l'ai senti dès que je t'ai vu. J'ai tout de suite su que tu étais droit, fort, sincère, un peu fou, beaucoup peut-être, ce qui expliquerait les thèmes de certains de tes romans. J'ai tout de suite su aussi que, irrémédiablement, j'étais tombée dans tes filets. Je sais enfin que je peux avoir une confiance absolue en toi, et pourtant je ne peux oublier que nous nous connaissons à peine et que, bien souvent, il y a des lendemains qui déchantent.

— Toutes ces flatteries pour m'avouer que tu m'aimes un peu ? m'enquis-je afin de masquer l'émotion qui m'avait envahi.

— Non, ne te moque pas pour cacher tes sentiments. Je ne t'aime pas un peu. Je t'aime avec des majuscules, moi qui avais peur des hommes, peur de m'attacher. Tu vois – elle regroupa avec sa fourchette des miettes de galette éparpillées autour de son assiette –, je vais être midinette, fleur bleue jusqu'à l'intolérable : il m'arrive de pleurer de bonheur la nuit quand je te sens près de moi, et je souffre les mille morts quand tu n'es pas là.

Elle se tut. Je n'eus pas à répondre, remerciant en silence le serveur providentiel venu nous apporter les desserts, une dame blanche pour Juliette, un colonel pour moi. Je dégustai mon sorbet à la vodka avec une lenteur calculée, me donnant ainsi le temps de reprendre mes esprits. Enfin, d'une voix que je voulais ferme et qui, importunée par de ridicules trémolos, s'empressa de me trahir, je me lançai :

— Bon, voilà, je vais être plat, je ne m'encombrerai pas de superlatifs, mais je ressens exactement la même chose que toi.

— La même chose ! La même chose que moi ? reprit Juliette en souriant, est-ce là une expression digne d'un écrivain qui déclare sa flamme à l'élue de son cœur ? Plat, c'est vrai, tu l'es !

— Bon, je t'aime, ça y est, je te l'ai dit.

Juliette secoua un index menaçant devant son visage.

— Romain, je te hais, je me suis trompée sur ton compte, je te quitte ! Dès notre retour à mon appartement, tu fais ton sac et tu t'en vas !

— D'accord, et tu me rejoins le lendemain avec tes bagages pour vivre avec moi !

Un merveilleux sourire éclaira les traits de Juliette.

— Tu es insupportable !

— Je sais, c'est ce qui fait mon charme et ma force. Si on ne partageait que du bonheur on s'ennuierait vite.

Ensuite, je me levai pour aller régler au comptoir. Juliette repoussa sa chaise pour me suivre. Elle m'agrippa l'épaule en quête d'une caresse que je m'empressai de lui donner.

— C'est amusant, souffla-t-elle dans mon oreille, nous nous chamaillons comme des gamins. Pour rire, bien sûr. Cela dit, je me dois de faire un bilan objectif : j'ai quinze ans et je ne vais plus oser affronter mes élèves de troisième. Ils ont, tous ou presque, le même âge que moi !

Durant toute la nuit, après de tendres ébats amoureux, je pensai à Juliette. A son passé, à son père mort, à sa mère recluse dans un asile d'aliénés, à sa sœur disparue. Je comprenais mieux à présent sa réserve lors de notre rencontre, le vouvoiement qu'elle s'était ingéniée à mettre entre nous jusqu'à ce que, enfin, elle sombre dans mes bras. Juliette était une femme blessée, et elle se méfiait d'autrui. Elle m'avait choisi, sans doute parce qu'elle avait succombé à mon charme, charme en vérité que je trouvais limité – je ne suis pas narcissique –, mais aussi parce que sa solitude lui pesait.

Je m'accoudai à plusieurs reprises dans le lit, une paume calée sur une joue, pour la contempler. Elle dormait profondément, le visage apaisé, poussant, çà et là, de petits soupirs comblés d'enfant. Je l'aime, pensai-je, jamais je ne lui ferai de mal !

Elle se réveilla avec l'aube, se blottit contre moi, une main échouée sur ma poitrine. Quelquefois, elle relevait la tête, me regardait, souriait en silence. A quoi bon parler ? Nous nous comprenions. Elle était moi, j'étais elle.

Au petit déjeuner, croissants-café, elle m'annonça la décision qu'elle avait prise concernant notre avenir proche.

— Voilà, j'ai réfléchi toute la nuit à ce que j'envisage de faire. Bien sûr, si tu es d'accord. J'ai un appartement en location à Dinan, toi tu en as un dont tu es propriétaire, les pieds dans l'eau, à Saint-Malo. Le tien est spacieux, le mien est petit. Le tien est cossu, meublé avec goût, le mien contient le juste nécessaire. Le tien se situe tout près de chez tes parents, et surtout il est au centre d'une de tes sources d'inspiration. C'est bien ce que tu m'as dit ?

Je gigotai sur mon siège. Elle avait réfléchi toute la nuit, or je l'avais vue dormir à poings fermés !

— Oui, c'est vrai, dis-je, mais je vois où tu veux en venir, tu vas me dire que tu veux bien habiter chez moi. Evidemment, j'en serais ravi, mais moi aussi je peux faire des sacrifices. Si tu me rejoins à Saint-Malo, tu auras pas mal de route à faire chaque jour, alors que moi j'écris à domicile.

— Une soixantaine de kilomètres aller-retour, ce n'est pas insurmontable. J'ai connu bien pire quand je vivais en banlieue parisienne. Et puis, je n'ai pas l'intention d'abandonner mon appartement. Le loyer est modéré et je compte le conserver. Il me sera utile lorsque j'aurai des conseils de classe, des réunions ou lorsque je finirai tard et commencerai tôt le lendemain matin. Enfin – elle appuya ses propos d'un sourire ambigu –, il servira de soupape de sécurité si, au final, nous ne nous entendions pas !

— Voilà du positif, me récriai-je, tu envisages déjà le pire !

Juliette partit d'un grand éclat de rire.

— Je te taquinais, mon cœur ! Je te connais. Tu rêves d'un intense et unique amour qui transcenderait et illuminerait tes jours. Eh bien, vois-tu, moi aussi. Je t'ai, et tant pis pour toi, je te garderai jusqu'à la fin des temps !

Elle s'était levée, commençait à desservir la table. Je repoussai ma chaise, m'avançai vers elle, l'enlaçai tendrement.

— Te voilà bien mélo tout à coup. Jusqu'à la fin des temps, c'est vraiment long. Cela étant, si tu as cinq minutes !

Je l'enlevai dans mes bras pour la porter vers la chambre.

— Je pensais t'emmener faire une promenade sur les bords de la Rance, protesta-t-elle mollement.

— Nous irons cet après-midi.

— Bandit !

— Femme indocile !

— Je t'aime !

— Je nous aime !

— Fou !

Nos autres propos, banals, heureux, nos ridicules soupirs se perdirent, s'étouffèrent dans la tiède, la savoureuse, la rassurante complicité des draps.

15

Le mois suivant, Juliette s'installait chez moi. Elle apportait avec elle deux malles, des valises bourrées de vêtements, linge de maison, bibelots, et environ une cinquantaine de livres, pour la plupart d'histoire et de géographie, indispensables à la préparation de ses cours.

Je lui offris la chambre d'amis, après y avoir ajouté un rayonnage de bibliothèque, afin qu'elle y installât un bureau indépendant du mien.

Et notre vie commune commença. Deux fois par semaine, Juliette partait tôt le matin, certains de ses cours débutant à neuf heures, et rentrait en fin d'après-midi. Le reste du temps, elle quittait l'appartement vers dix heures, et revenait plus tard en soirée. A son retour, après quelques baisers volés, elle s'enfermait dans « son bureau » pour corriger des copies et préparer ses interventions du lendemain.

Je m'organisai, bien entendu, pour calquer une partie de mon emploi du temps sur le sien. Elle en fit autant, afin que nous puissions profiter au maximum l'un de l'autre. Elle m'accompagnait lors de certaines manifestations littéraires, quand celles-ci se situaient dans la région de Saint-Malo. En revanche, jamais elle n'aurait l'occasion de venir à Nancy, Saint-Etienne, Brive, par exemple, qui, étant très éloignés de la Bretagne, exigeaient de longs déplacements et des absences de trois ou quatre jours, incompatibles avec son calendrier scolaire.

Elle me suivit par contre, avec un plaisir sans mélange, au salon de Montaigu en Vendée, puis à celui d'Etonnants Voyageurs qui ouvrait ses portes, chaque année, à Saint-Malo même, durant le week-end de la Pentecôte.

Lorsqu'elle fut bien installée, elle manifesta le désir de faire la connaissance de mes parents. Profitant des vacances de Pâques, je l'emmenai passer deux jours chez eux. Ils habitaient à Dinard dans le quartier de la Haute Guais, dans une ferme du XVIIIe siècle rénovée avec goût. Paul mon père, Madeleine ma mère reçurent chaleureusement Juliette. Tous deux furent frappés par sa beauté rayonnante. Son authentique chevelure blonde cascadant sur ses épaules, la splendeur de ses yeux soulignés par un discret trait de rimmel, la joliesse souriante de son visage, la grâce de sa démarche eurent l'heur de les séduire.

— Vous êtes très belle, déclara ma mère en toute simplicité.

— Je dirais même plus, vous êtes très belle, compléta mon père, pillant, sans honte, des répliques de Dupond et Dupont, dans les albums de Tintin et Milou de Hergé.

Gênée, Juliette rosit sous les compliments.

— N'exagérons rien, dit-elle.

Je l'enlaçai avec transport.

— Ils sont sincères, dis-je, et ils ne sont pas au terme de leurs surprises. Bientôt, ils constateront que tu n'es pas que belle…

— Arrête, Romain, tu vas me faire rougir !

— C'est déjà fait.

Chacun se mit à rire, puis mon père enchaîna :

— Entrez dans le salon, je vous prie, le champagne nous attend. Vous aimez le champagne, j'espère, sinon il y a autre chose.

— Le champagne sera parfait, je vous remercie.

Quelques coupes plus tard, la glace était définitivement rompue. Chacun savait qui était qui. Architecte d'intérieur retiré depuis deux ans, mon père avait aménagé les combles de sa maison pour y installer un atelier de peinture. Autodidacte, il consacrait plusieurs heures par semaine à dessiner et peindre à partir de cartes postales, car, conscient de ses limites de profane, il n'aurait jamais osé planter son chevalet sur la promenade au Clair de Lune de Dinard, à Cancale, au cap Fréhel ou le long des remparts de Saint-Malo, moins encore sur la place Saint-Marc à Venise.

— Il faut bien que je m'occupe, confessa-t-il à Juliette en lui décochant un sourire contrit.

Le reste du temps, ma mère et lui randonnaient dans toute la Bretagne ou partaient en voyage organisé à travers le monde.

Institutrice à la retraite, ma mère goûtait, elle aussi, les bienfaits d'un troisième âge tout à la fois animé et paisible. Elle aimait son mari depuis quarante ans, comme on aime à vingt ans. Elle n'avait pas choisi celui-ci pour son avantageuse plastique. Grand, maigre, légèrement voûté, il arborait une figure osseuse et un long nez surmonté d'yeux noisette dénonçant une vive intelligence. Quant à ma mère, elle cachait intuition, culture et richesse intérieure derrière une taille moyenne et un physique lambda rehaussés par un sourire qui égayait souvent son visage. Je ne me souvenais pas avoir vu mes parents traverser un jour une querelle ou un orage. On les voyait toujours main dans la main ou enlacés, leurs fronts fripés sans excès et leurs têtes blanches affrontant fièrement les ardeurs du soleil, la pluie, les bourrasques, le froid piquant, l'aimable crachin breton, beaucoup moins fréquent que le prétendent de perfides langues.

Car ma mère refusait de se teindre les cheveux. On doit assumer son âge, disait-elle en rivant ses yeux sur les miens. Rien n'est plus beau que des cheveux blancs. Ils symbolisent la sagesse, l'expérience de la vie. Ce n'est, hélas, pas toujours le cas, rétorquais-je alors pour la taquiner, je connais des tas de gens aux cheveux blancs qui sont de somptueux imbéciles. Elle me flanquait alors une petite tape sur la joue. Romain, tu as raison, mais tu n'as pas le droit de me contredire. Laisse-moi avec mes illusions !

Ma venue au monde avait cimenté davantage encore un couple qui était destiné à s'aimer jusqu'au terme de leurs jours. Je n'avais pas à me demander pourquoi je rêvais d'un amour absolu, je l'avais vu devant moi croître, prospérer depuis ma naissance.

Juliette se présenta elle aussi. Elle parla de ses études, de sa vie, évoqua le décès de son père, confia que sa mère était internée en hôpital psychiatrique, fit l'impasse sur sa sœur dont elle était sans nouvelles, s'enthousiasma pour son métier de professeur et la richesse des rapports qu'elle entretenait avec certains de ses élèves.

Ces derniers propos, mon père les approuva d'un hochement de tête rêveur avant d'avouer :

— J'ai connu ça, moi aussi. Au lycée, en terminale, un professeur d'histoire-géo m'a beaucoup impressionné. C'était une femme. Elle était moins séduisante que vous, mais elle ne manquait cependant pas de panache, et elle savait transmettre à ses élèves sa passion de l'histoire. Surtout, elle livrait à nos regards des jambes délicieusement galbées. La mode était alors aux robes et aux jupes, pas aux pantalons et aux jeans comme aujourd'hui.

« C'est ainsi que je me suis retrouvé au premier rang en classe, juste au pied de l'estrade, afin de mieux contempler ses ravissants genoux ; c'est ainsi encore que, dernier en histoire en première, j'ai toujours détesté les méandres de la Révolution française, je suis devenu premier de la classe en terminale dans l'espoir d'attirer l'attention de l'objet de toutes mes convoitises. Objet qui ne se douta certainement jamais de la tempête qu'il avait levée en moi !

Assise sur le canapé auprès de son mari, ma mère souriait avec patience, ayant sans doute entendu ce récit à de multiples reprises.

Mon père se tourna vers elle :

— A l'époque, je ne connaissais pas encore Madeleine, ma petite femme. Après, je n'ai plus jamais regardé la gent féminine.

Ma mère haussa les épaules avec indulgence et prit Juliette à témoin :

— Vous voyez, les hommes sont tous pareils, ils mentent sans complexe. Paul se retourne souvent dans la rue pour contempler de jolies jambes qui passent. Cela dit, ses pulsions sexuelles, du moins, je l'espère, s'arrêtent là.

Juliette répondit par un sourire.

— Vous savez, je connais votre fils depuis peu, mais il se comporte de la même façon. Si je lui en fais la remarque, il me rétorque qu'un écrivain se doit de tout observer, tout analyser, il a même un vilain mot rappelant les étals de nos boucheries : tout dépecer.

— C'est amusant, confirma ma mère, mais Paul affirme que, s'il déshabille parfois une passante du regard, c'est parce que, depuis qu'il peint, il éprouve la nécessité de tout mesurer : l'éclat d'un regard, la fraîcheur d'une pommette, l'ourlet d'une lèvre, l'élégance, le modelé d'une croupe ou d'un sein. Or, il n'a jamais réalisé un portrait, il s'en juge incapable. De plus, avant même de s'adonner à la peinture, il pratiquait déjà ce charmant voyeurisme.

— Charmant, c'est le mot, précisa Juliette, nous les femmes en faisons tout autant. Nous savons admirer les autres, hommes ou femmes, quand nous les découvrons dans la rue, au cinéma, à la télé ou ailleurs. Ce n'est pas pour autant que nous nous précipitons à leur cou.

— C'est vrai, dit mon père en regardant Madeleine avec une feinte convoitise, le seul cou qui m'inspire, c'est le tien !

Puis, se levant, il pivota vers Juliette :

— Voilà, nous avons fait connaissance, nous allons pouvoir passer à table, mais à une condition, pas de formalités, appelez-moi Paul, et ma femme Madeleine. Ça nous rajeunira !

Le déjeuner terminé, mon père nous emmena visiter son atelier. De nombreuses toiles, certaines encadrées, décoraient les murs. Toutes ou presque représentaient des rues, des plages, des mers, des bateaux, des ports, à différentes heures de la journée, adoucis par des brumes ou éclatants de soleil. Le trait était quelquefois hasardeux, les couleurs pas toujours maîtrisées, mais il y avait là une spontanéité, un désir de s'exprimer qui méritaient l'indulgence d'éventuels visiteurs. Indulgente, Juliette l'était. Elle adressa à mon père un sourire éblouissant, l'un de ceux qui m'avaient conquis dès que je l'avais rencontrée, et qui auraient fait fondre l'être le plus mal embouché, et elle murmura :

— Paul, vous me surprenez, dommage que vous ayez commencé à peindre si tard, vous auriez pu faire une carrière, vous avez du talent.

Mon père haussa ses maigres épaules avec un fatalisme amusé.

— Pas de flatteries, chère Juliette, même si vous les formulez avec beaucoup de gentillesse et d'élégance. Je connais mes limites. Vous savez, dans la même rue que nous, à cinquante mètres d'ici, demeure un peintre et sculpteur. Il a commis une œuvre variée, mais lui aussi compose des marines. Regardez mon tableau sur le mur, là, devant vous, représentant la mer qui, à marée haute, en période d'équinoxe, se jette sur la pointe du Moulinet à Dinard. Les vagues écumantes, que j'ai voulu reproduire, demeurent immobiles sur la toile. Elles ne sont pas vivantes, pas menaçantes.

— C'est assez juste, convint Juliette, mais que voulez-vous dire par là ?

— Que mon voisin a peint un tableau presque identique à celui-ci, sauf que le sien est d'une impressionnante beauté, et que les vagues qui déferlent semblent jaillir de la toile pour engloutir les imprudents venus les admirer. C'est toute la différence entre l'art et l'amateurisme.

— Comment s'appelle ce peintre ? demanda Juliette.

— Roger Le Corre.

— Roger Le Corre ? Je le connais, s'exclama Juliette, j'ai déjà admiré certains de ses tableaux dans une galerie de Dinard !

— Il expose un peu partout, à Paris, en Bretagne, à Pont-Aven notamment, et ailleurs.

— C'est un maître, en effet, mais son œuvre n'est pas à la portée de toutes les bourses.

Le regard de Juliette balaya les murs de l'atelier de mon père, s'arrêta sur le portrait inachevé d'une jeune femme exposé sur un chevalet.

— Je croyais que vous ne réalisiez pas de portraits ? s'étonna-t-elle.

Debout entre Juliette et moi, ma mère étouffa un petit rire.

— C'est en effet sa seule tentative, dit-elle. En principe, cette charmante créature, c'est moi quand j'avais vingt ans. A part la couleur des cheveux et les rides, je n'ai guère changé. Mais vous ne risquez pas de me reconnaître. Ça fait six mois que Paul s'entête à saisir les traits de mon visage sans y parvenir. Il serait peut-être plus doué pour peindre ceux des jolies dames qu'il croise dans la rue.

Mon père hocha la tête en souriant. Il s'approcha de ma mère, l'attira vers lui et l'embrassa avec tendresse.

— Mon cœur, ne joue pas les jalouses à ton âge, tu sais très bien qu'il n'y a que toi que j'aime.

— Je sais, ronronna ma mère en lui rendant son baiser.

J'observai Juliette à la dérobée. Elle contemplait le vieux couple avec un sourire ému.

— Bon, si nous allions faire un tour, histoire de nous ventiler un peu ? proposai-je. L'après-midi s'avance et va bientôt nous quitter.

Tous approuvèrent. Nos pas retentirent alors dans l'escalier puis dans le vestibule où, en raison d'une météo instable, casquettes, cirés et parapluies nous attendaient.

Le lendemain matin, à l'heure du petit déjeuner, Juliette eut la surprise de voir ma mère préparer une série de médicaments, qu'elle disposa avec un verre d'eau près du bol de son mari.

Mon père n'était pas encore arrivé, et quand ma mère s'absenta dans la cuisine pour aller y chercher du café et du beurre, Juliette murmura à mon oreille, afin de ne pas être entendue d'elle :

— Ton père est malade ?

— Non, juste un peu de cholestérol et de l'arythmie cardiaque. Ces médicaments sont surtout préventifs.

— Et c'est toujours elle qui veille à ce qu'il les prenne ?

— Oui, il est un peu distrait, et il risquerait d'oublier.

Juliette soupira.

— Voilà une belle preuve d'amour.

— C'est vrai, mais tout le monde ne partage pas ton opinion. Tu vois, il y a de cela trois ans, j'ai amené Anne ici, une amie, pour la présenter à mes parents. Je n'étais pas vraiment amoureux, mais la solitude commençait à me peser. Bref, le matin, Anne a remarqué, elle aussi, que ma mère préparait des cachets pour mon père. Elle s'en est étonnée, et un peu plus tard, alors que nous étions seuls, elle m'a déclaré : "C'est incroyable ce que fait ta mère, distribuer ses médicaments à son mari comme elle le ferait pour un gamin. Si je ne la connaissais pas, je penserais que c'est une forme de débilité mentale, à moins que ce soit lui qui exige qu'il en soit ainsi. Dans ce cas on pourrait parler d'esclavage !"

« J'ai dévisagé mon amie du moment avec stupeur avant de lui préciser : "Il n'y a là ni débilité mentale ni esclavage, mais de l'attention à l'autre, de l'amour."

« Puis je me suis tu. A quoi bon disserter ? Comment lui expliquer que mon père avait à plusieurs reprises oublié son traitement ? Comment lui expliquer que ma mère refusait d'envisager un seul instant d'avoir un bout de vie, long peut-être, seule, sans l'être qu'elle aimait le plus ? Comment lui expliquer la plénitude d'une existence à deux ? A l'évidence, Anne n'aimait qu'elle-même. Je n'étais sans doute qu'une étape, pas nécessairement agréable, dans son cheminement sur cette terre. Les semaines qui suivirent démontrèrent que j'avais raison, et je quittai bientôt, sans remords ni regrets, mon éphémère et égoïste dulcinée.

Mon récit terminé, Juliette me regarda avec cette joliesse du visage, cette bonté qui en émanait, et qui la rendaient unique pour moi.

— Je suis ravie que tu aies quitté cette Anne, sinon nous ne serions sans doute jamais rencontrés.

Je pressai son épaule au-dessus de la table.

— Oui, mais je t'ai rencontrée, et si tu le veux bien, je te garde !

Juliette n'eut pas le loisir de me répondre.

Maman entrait dans la pièce, une cafetière fumante à la main.

16

Un printemps clément – météo variable, nuages légers, percées de soleils fous – accompagna nos premiers mois de vie commune. Tout naturellement, nous accordâmes nos emplois du temps afin de profiter au maximum de la présence de l'autre. Je crois d'ailleurs pouvoir affirmer que cette période fut la plus féconde de ma carrière. Les mots, les pages, les chapitres, les personnages de mes romans se pressaient sous mes doigts, impatients d'exister. Je remis à l'été en mains propres à mon éditeur Jacques Bourgouin un manuscrit intitulé *Le Secret de Julie*, inspiré d'une sombre et fascinante histoire vraie se déroulant au XIXe siècle, opportunité pour moi de faire revivre, à la manière de Jean Anglade ou Jean Giono, la vie quotidienne de cette époque dans un modeste village de notre Hexagone.

Ce fut pour Juliette l'occasion de faire connaissance avec l'univers de l'édition parisienne, et plus particulièrement avec Jacques Bourgouin, qui soutenait ma carrière depuis mon premier livre et qui, pour l'heure, ne s'en plaignait pas, puisque deux de mes romans avaient récemment eu l'honneur d'être adaptés en téléfilms pour France 2, et mes tirages et réimpressions successives étaient en constante progression.

Ce fut aussi pour Juliette l'occasion de découvrir mon studio, des confrères, Paris au mois d'août, quand la ville consent à devenir humaine. Huit jours durant, balades en bateau-mouche sur la Seine, visite de monuments, de musées, de galeries de peinture, enchantèrent nos promenades. Le soir nous vit nous caser le plus confortablement possible dans des fauteuils de salles de cinéma d'art et essai, de théâtre ou de concert, où nous allions dans l'espoir de nous rassasier de culture.

Nous eûmes le plaisir de dîner avec Aline et Pierre, de retour en France pendant la période de la mousson. Je les invitai dans une célèbre brasserie située dans le quartier de Saint-Germain-des-Prés. On nous servit, avec tout le protocole des bonnes adresses, une choucroute royale qui, hélas, n'avait de royale que le nom, tant elle avait le goût suret de réchauffé et de périmé, ce que je fis remarquer au maître d'hôtel à la fin du repas en lui montrant mon assiette demeurée aux trois quarts pleine.

Mais cela ne pouvait assombrir le plaisir de retrouver nos amis. Ceux-ci se félicitèrent de nous voir, Juliette et moi, filer le parfait amour.

— Nous étions sûrs que vous vous entendriez bien, dit Aline avec un bon sourire.

— Il est vrai que le guet-apens, que nous vous avions tendu à Bangkok a bien fonctionné, renchérit Pierre en pinçant rêveusement entre deux doigts l'arête de son nez.

Juliette leva un bras devant elle pour réclamer notre attention.

— Si bien, dit-elle en nous dévisageant tour à tour, que je profite de la présence de mes deux, je veux dire, de nos deux plus chers amis, donc de vous, pour demander quelque chose de très important à Romain.

Elle marqua une pause savante, ménageant ses effets, tandis qu'après nous être entre-regardés nous guettions la suite. Ayant savouré la curiosité qui se lisait dans nos yeux, elle se tourna alors vers moi :

— Romain, j'attendais cet instant pour te dire, non pas que je t'aime, tu le sais déjà, mais que je voudrais deux enfants de toi.

Il y eut un moment sinon de stupeur, du moins d'ébahissement. En général, ces choix se décident à deux. Tous m'observaient, épiant ma réaction. Etait-il utile de répondre ? Chaviré par l'émotion, mon visage parlait pour moi.

— Je ne t'en ferai pas deux, dis-je enfin, mais mille si tu le veux bien !

Et je quittai ma chaise pour embrasser Juliette pendant qu'Aline et Pierre applaudissaient, faisant pivoter vers nous les têtes des convives des tables voisines.

Oubliant l'indigeste choucroute, je commandai une bouteille de champagne afin de fêter dignement cette merveilleuse nouvelle.

Puis, la note réglée, dans la douceur de la nuit, nos deux couples arpentèrent Saint-Germain-des-Prés, s'arrêtant çà et là dans des bars pour savourer un thé, un café, une bonne bière, un digestif, et surtout la joie d'être ensemble.

A trois heures du matin, de retour au studio, Juliette se doucha, m'engagea à en faire autant, puis elle me renversa sur le lit.

— Profite de mon corps pendant que tu es encore libre, dit-elle. Dans quelques jours j'aurai mes règles, et ensuite j'interromps la pilule !

Je me glissai en elle avec précaution, je dirais avec respect. Je prenais conscience soudain que l'antre dans lequel je venais de pénétrer sans effraction n'était pas uniquement celui des étreintes violentes, passionnées ou faciles, il était avant tout le fascinant, le mystérieux réceptacle de la vie.

17

Les mois qui suivirent furent les plus beaux, les plus aboutis de ma vie. Chaque nuit ou presque, nos corps s'unissaient avec fougue, de crainte de laisser échapper le moment où Juliette serait fertile. Il était convenu entre nous que nous nous marierions quand elle serait enceinte.

Juliette avait arrêté la pilule courant août. Décembre subissait les premiers frimas, et aucun signe de grossesse n'était apparu à l'horizon. Le caractère de Juliette changea alors, l'inquiétude s'insinuait peu à peu en elle, ternissait l'éclat de ses yeux, la rendait parfois injuste dans ses propos, elle d'ordinaire si avenante.

Elle prit rendez-vous avec son gynécologue. Celui-ci la rassura, lui expliqua qu'elle n'était pas la seule à qui cela arrivait, lui conseilla d'établir une courbe de température sur plusieurs cycles afin de vérifier si elle avait une ovulation. S'il ne se passait rien, il serait temps, ensuite, de procéder à des examens gynécologiques approfondis pour déterminer s'il y avait une anomalie ou non.

Nous fêtâmes Noël 2008 chez mes parents, le réveillon du nouvel an avec des collègues de Juliette, dans son appartement de Dinan puis, alors que les cours au collège avaient repris, je m'absentai une dizaine de jours à Paris pour assurer le service de presse d'un de mes livres, et proposer à des éditeurs spécialisés dans les ouvrages historiques le synopsis d'une biographie d'Anne de Bretagne pour laquelle, depuis des années, j'avais rassemblé une énorme compilation de documents d'archives et tous les ouvrages et études qui pouvaient éclairer, de manière crédible, la vie de celle qui fut la dernière duchesse de Bretagne.

Cette absence eut pour effet de reculer d'un mois toute chance de rendre Juliette enceinte. En vérité, durant les quatre mois qui suivirent, inexorables, ses règles furent au rendez-vous.

Mai 2009 survint. Juliette revit son gynécologue. Toucher vaginal, frottis, observation de la glaire cervicale, échographie pour observer l'état des organes reproducteurs s'ensuivirent. De mon côté, afin de gagner du temps, j'acceptai de subir des tests afin de vérifier si j'étais bien fertile. Spermogramme, dosages hormonaux, échographie des voies génitales, caryotype meublèrent alors mon quotidien.

Les examens démontrèrent que je pouvais être père. En revanche, les trompes de Fallope de Juliette étant altérées, elle ne pouvait pas avoir d'enfants.

Dès lors, son comportement changea. Une tristesse, une mélancolie contre laquelle elle essayait pourtant de lutter se réfugièrent dans l'émeraude de ses yeux, les rendant plus singuliers, plus abyssaux, plus beaux encore.

Sur les conseils de son gynécologue, qui ne manqua pas de l'avertir qu'elle allait au-devant d'éprouvantes épreuves, et profitant de la période des grandes vacances, Juliette tenta la fécondation in vitro, mariant dans une même éprouvette spermatozoïdes et ovocytes.

Pendant trois semaines une infirmière se présenta à heures fixes à notre domicile pour stimuler ses ovaires avec des injections d'hormones. Une dizaine de visites de contrôle à l'hôpital accompagna ce traitement.

Trois semaines durant lesquelles toutes caresses, tous rapports intimes furent bannis. Les caresses parce que nous appréhendions d'éveiller le désir en nous, ce qui ne se serait sans doute pas produit, tant nous étions hantés par le désir d'avoir un enfant.

Puis arriva le jour J en clinique. On ponctionna les ovocytes de Juliette sous anesthésie générale ; on m'isola dans une pièce voisine avec des revues érotiques et, humiliation suprême, avec la bénédiction du service où je me trouvais, on me demanda de me masturber afin de recueillir ma précieuse semence.

L'intervention terminée, on attendit le verdict avec angoisse. Il tomba. La fécondation in vitro avait échoué. Cette nouvelle nous terrassa. Pendant plusieurs jours, le silence s'installa entre nous. A quoi bon parler ? Une collègue de Juliette, professeur de mathématiques, avait vécu les mêmes épreuves. En pire, puisqu'elle avait subi sans résultat six FIV avant de renoncer définitivement.

Néanmoins, il fallait bien affronter les contraintes quotidiennes. Les vacances allaient bientôt s'achever, la rentrée approchait pour Juliette. Quant à moi, j'avais pris du retard dans la rédaction d'un roman, et avec septembre tout proche, manifestations littéraires et salons du livre, jugés incontournables par mon attachée de presse et mon éditeur, se précisaient. Difficile de me dérober.

Je retardai cependant jusqu'à la rentrée scolaire mes travaux. Le sable des plages de Saint-Malo, les pavés de la cité intra-muros, virent à nouveau s'assembler nos pas. Nous marchions comme hier, main dans la main. Mais, je le sentais bien, celle de mon aimée demeurait inerte dans la mienne.

Au cours d'une de ces promenades je demandai à Juliette si elle envisageait de renouveler une tentative de FIV.

Elle plongea des yeux tragiques dans les miens.

— Oui.

— Quand ?

— Pendant les grandes vacances prochaines. Je ne vais pas importuner l'Education nationale avec mes petits problèmes personnels.

J'ébauchai un sourire, que je voulais rassurant.

— Cette fois, ça marchera peut-être.

Elle haussa les épaules avec lassitude.

— Espérons-le, parce que ce sera la dernière. C'est très éprouvant physiquement et psychologiquement, et je connais trop de femmes qui ont échoué.

— Ne dis pas cela. Il faut positiver, et puis si ça ratait on pourrait adopter un enfant.

Juliette interrompit sa marche, se serra contre moi avec une tendresse et une détresse retrouvées, m'embrassa dans le cou, sur les lèvres, cajola ma nuque avant de refuser tout net :

— Je ne pourrais pas, je t'aime trop, et la présence de cet enfant me rappellerait à chaque instant qu'il n'est pas de toi ! De plus, en France chacun sait que l'adoption s'apparente à un incroyable parcours du combattant. Cela demande au moins quatre ans, sinon davantage, si l'on y parvient.

— C'est vrai, mais un petit comblerait en partie ton besoin d'être mère, t'aiderait à retrouver ton équilibre.

— Non. Ne crois pas que je sois égoïste. Je l'aurais éventuellement fait si j'avais pu auparavant accueillir ta semence dans mon ovule, si nous avions pu perpétuer notre amour dans un petit être bien à nous. Mais là, je ne peux pas. Quelque chose s'est brisé, et je suis ainsi faite que j'aurai le plus grand mal, si j'y parviens, à me relever.

Nous terminâmes notre promenade sans prononcer un autre mot.

Les jours s'écoulèrent. Pour Juliette il y eut la rentrée, les réunions avec les professeurs et les parents. Elle s'absorba plus que jamais dans son labeur et un peu de couleur revint habiter ses joues. De mon côté, je disparus à plusieurs reprises afin d'honorer les grands salons d'un automne qui fut, cette année-là, morose et froid. Je m'absentai même une semaine entière afin de consulter aux Archives nationales d'ultimes documents, indispensables à la finalisation de la biographie d'Anne de Bretagne que j'avais entreprise, pour laquelle je n'avais eu aucune difficulté à trouver un éditeur, et dont près de trois cents pages étaient déjà écrites.

Plus j'avançais, plus j'étais séduit, fasciné par ce personnage symbolisant la Bretagne. Née à Nantes en 1477, morte à l'âge de trente-six ans, duchesse de Bretagne, comtesse de Montfort et d'Etampes, reine de France, ayant épousé Charles VIII à quinze ans afin d'assurer la paix entre le duché de Bretagne et le royaume de France, puis Louis XII. De ces deux lits allaient naître quatorze enfants dont deux seulement survivraient. Personnage populaire, durant toute sa vie, Anne allait être l'enjeu central dans les luttes d'influence aboutissant après sa mort à la réunion définitive de la Bretagne à la France.

Tout en épluchant les archives, je profitai de mon séjour à Paris pour recevoir dans mon studio quelques confrères et amis, que je n'avais pas croisés depuis un moment, et méditer sur mon avenir avec Juliette.

Jusqu'alors, lorsque je devais m'absenter, selon les humeurs de la météo, Juliette m'adressait de petits signes amoureux derrière les carreaux de la fenêtre de l'appartement ou bien elle l'ouvrait toute grande pour me regarder jusqu'à ce que j'eusse disparu à l'angle de la rue. Depuis l'échec de sa FIV, à demi masquée par les rideaux, elle se contentait de m'envoyer un baiser rapide avec ses doigts posés sur ses lèvres avant de retourner à ses occupations.

A l'occasion des vacances de la Toussaint, désireux de lui faire oublier nos désillusions, je lui offris une semaine en voyage organisé dans le Sud marocain. L'avion nous déposa à Marrakech, puis un car nous conduisit dans un hôtel luxueux. Pendant deux jours, flanqués d'un guide nommé Ahmed, nous partîmes à la découverte de la ville aux mille facettes et à la riche histoire. Fière de son minaret de la Koutoubia et de sa célèbre place Jemaa el-Fna concentrant une incroyable animation, la médina redonna le sourire à Juliette, d'autant que les Marocains, peu avares de compliments, s'arrêtaient ou se retournaient sur son passage pour, avec des épithètes multiples et colorées, la complimenter sur sa blonde et incomparable beauté ! Quelquefois, malgré ma présence, certains d'entre eux s'approchaient d'elle, la frôlaient même, tout en humant, avec de la convoitise dans les yeux, l'odeur de ses cheveux dorés ou de sa peau aux reflets cuivrés. Bientôt, chez Juliette le sourire fit place à l'agacement.

— Qu'est-ce qu'ils sont collants, dit-elle en se dégageant d'un geste vif d'un début d'étreinte d'un Arabe à peine sorti de l'adolescence.

Le jeune homme perdit légèrement l'équilibre, et lui lança un regard haineux.

— Salope, jura-t-il, retourne dans ton bled ! Qu'est-ce que tu viens foutre ici, si tu veux même pas coucher avec moi ?

Juliette sentit la colère monter en moi.

— Laisse, dit-elle, on ne sait pas ce qui pourrait arriver avec toute cette foule.

Je me contins. Elle avait raison, et de toute façon, Ahmed, notre guide, avait, entre-temps, vertement remis le jeune homme à sa place.

Guide drôle et sympathique s'il en fut, il nous fit découvrir la cité ancienne, de manière rapide mais passionnante, insistant sur les épais remparts en pisé flanqués de fortins, et les superbes souks de la médina où s'amoncelaient les produits les plus divers : bijoux, étoffes, cuir, etc. Certains se spécialisaient : le souk assourdissant des forgerons, façonnant sous nos yeux le métal chaud pour en sculpter cendriers, serrures, clés, lanternes, plateaux de toutes sortes et de toutes dimensions ; celui des vanniers et des tourneurs de bois ; celui des peaussiers, proposant notamment des peaux de mouton vendues pour la maroquinerie ; celui des teinturiers où écheveaux de laine ou de soie, fraîchement teints et encore humides, séchaient, suspendus sur de longues cordes au soleil. Dans le souk Smata,

Juliette acheta deux paires de babouches et deux ceintures en cuir. Ahmed lui ayant rappelé que la tradition au Maroc était de négocier les prix, Juliette fit tomber ceux-ci de moitié, ce qui redonna de l'éclat à ses yeux.

Avec un plaisir sans mélange, nous participâmes ensuite aux différentes animations et soirées prévues au programme. La Kasbah de Tassarouth, située à l'entrée de Marrakech, nous offrit une fantasia. A l'heure du méchoui, des troupes folkloriques défilèrent devant notre table. Le dîner fini, regroupés dans un vaste enclos, des cavaliers émérites déclenchèrent la fantasia, exécutant des figures fascinantes et variées qui se terminèrent par un puissant galop à la fin duquel, armés chacun d'un fusil, ils devaient tirer une salve où l'on n'entendrait qu'un unique coup de feu. Ce fut le cas, sous les acclamations des spectateurs.

Et les jours s'enchaînèrent, tous passionnants. Afin d'épicer notre séjour, j'avais choisi une excursion dans le Sud marocain en 4 × 4. Ainsi, les touristes qui nous accompagnaient se scindèrent en petits groupes pour monter dans les différents véhicules qui se retrouveraient à la fin des différentes étapes. Quatre personnes partagèrent notre voiture, deux couples de jeunes Français originaires, l'un de Normandie, l'autre d'Alsace. Le hasard nous confia le guide Ahmed comme chauffeur. Le voyant conduire à vive allure sur des pistes sinueuses, cahoteuses et étroites, flanquant la montagne d'un côté, le vide de l'autre, je lui demandai avec inquiétude s'il avait bien son permis. Il heurta un énorme nid-de-poule de plein fouet, nous fit décoller de nos sièges malgré nos ceintures, puis se tournant vers nous, alors qu'il abordait un virage particulièrement dangereux, lança à la cantonade dans un grand rire qui élargit encore sa bouille ronde :

— Bien sûr, depuis dix ans ! Et ne vous inquiétez pas, j'ai bousillé deux voitures mais il n'y a jamais eu mort d'homme !

A l'étape suivante, alors que nous contemplions tous les beautés du Haut Atlas en nous désaltérant d'un thé à la menthe à la terrasse d'un café, il nous confia qu'il ne savait pas lire, mais que ce n'était pas indispensable pour avoir le permis, dès lors qu'on arrivait à mémoriser les panneaux de signalisation !

— C'est cool chez vous, apprécia Juliette en souriant. En France, obtenir le permis relève d'un véritable parcours du combattant.

Elle semblait détendue, presque heureuse. Peut-être finirait-elle par oublier son infortune ?

Il est vrai qu'il y avait maintes raisons d'être dépaysé ! Nous traversions un désert de pierre jalonné d'impressionnants canyons. Des monts abrupts et arides, d'où surgissaient parfois des hommes, des femmes, des enfants venus de nulle part, et de splendides et vertes oasis dans lesquelles régnait le palmier-dattier, et d'innombrables kasbahs et maisons fortifiées de pisé ocre, censées protéger autrefois leurs habitants des attaques des tribus nomades, émerveillaient ou surprenaient nos regards.

Dans une de ces oasis, nous assistâmes à une soirée berbère Ahouach où thé à la menthe, pâtisseries marocaines, costumes aux multiples couleurs, musique, danses, chants accompagnés de « you you ! » stridents nous entraînèrent sur une autre planète. Puis il y eut la visite de Ouarzazate et de ses environs. Nous longeâmes, sans nous y arrêter, les célèbres studios cinématographiques Atlas protégés par de hauts remparts de pisé et des colosses hollywoodiens. En fin de séjour, au cours d'une balade dans les dunes à dos de dromadaires, nous dûmes rentrer à la hâte dans un village de toile monté pour les touristes de passage. Une tempête de sable était annoncée.

Elle eut lieu. Elle dura toute la nuit. Au matin, après des heures d'insomnie, elle cessa brusquement. Nous secouâmes le sable qui, pénétrant par les moindres interstices de notre tente, nous avait presque ensevelis.

Dehors, le calme était revenu. Nous venions de faire connaissance avec les portes du Sahara.

Au contact de toute cette nouveauté, Juliette semblait renaître. Un sourire éclairait de nouveau son visage, émerveillant les autochtones qui ne cessaient de la complimenter pour sa beauté.

Lors de notre retour vers Marrakech où nous devions reprendre l'avion, Ahmed arrêta son 4 × 4 pour que nous puissions arpenter les allées d'un immense magasin de souvenirs. Paniers, poteries, vases de Safi, plats à tajine décorés, cendriers en bleu de Fès, sculptures en bois et en pierre, lanternes en fer forgé, plateaux en cuivre, théières ventrues à chapeau pointu, bijoux berbères en argent, colliers en argent et corail, tapis, gandouras, djellabas, babouches, objets rares parfois, d'une surprenante beauté, voisinaient pour le plus grand plaisir des touristes. Des tables en marbre noir poli, incrustées de coquillages fossilisés, retinrent notre attention, car elles démontraient, s'il en était besoin, que la mer avait recouvert jadis ces terres déshéritées.

Pas question, bien sûr, à notre plus grand regret, d'en rapporter une en France, par avion, un tel souvenir étant fascinant certes, mais surtout horriblement encombrant et pesant.

Alors que je réglais à la caisse un poignard Koumiya et un miroir admirablement ouvragés, typiques de la région, le propriétaire du magasin m'adressa un large sourire. Il désigna, d'un index amène, Juliette debout près de moi, hocha la tête avec admiration et respect et lança :

— Vous m'offrez votre femme et je vous donne le magasin tout entier !

— C'est gentil, dis-je en lui rendant son sourire, votre magasin est très beau, très vaste, mais si je l'échangeais avec ma femme j'y perdrais encore au change !

Le brave homme éclata de rire.

— J'étais sûr de votre réponse ! Mais ça valait quand même la peine d'essayer ! Vous avez raison, gardez-la. La beauté de la gazelle est bien pâle à côté de la sienne !

Durant ces quelques jours, nous fîmes l'amour deux fois. Avec anxiété, comme si nous avions craint de briser notre amour. Car, depuis que Juliette se savait stérile, nos ébats avaient changé de nature. De délicieux et d'exaltés, ils étaient devenus banals, presque monotones.

18

De retour en Bretagne, la vie reprit, presque idéale. Les semaines, les mois s'écoulèrent sans nuages à l'horizon, excepté ceux du ciel. Juliette assurait ses cours avec sa conscience habituelle, à laquelle elle ajoutait un entrain de bon augure.

Quant à moi, la dépression de Juliette passée, je me replongeai dans la rédaction d'un nouveau roman. Mes succès littéraires pour l'instant se succédaient sans fléchir. Mes livres n'étaient pas sélectionnés pour les prix en vogue, mais ils en récoltaient quelques autres prisés par les maisons d'édition ; de surcroît, ils continuaient de rencontrer un public étendu, ce qui flattait quelque part mon ego et, mon esprit étant ainsi libéré des contraintes financières, je pouvais me consacrer entièrement à mes écrits.

Souvent, son travail fini, Juliette venait me rejoindre dans mon bureau. Pelotonnée dans son fauteuil, silencieuse, des heures durant, elle observait « le maître », je devrais dire le tâcheron, courbé au-dessus de son ouvrage. Elle fixait, fascinée, ma main noircissant les pages d'un cahier d'écolier à qui je confiais mes errements et mes pensées pour mes œuvres en cours. Ses yeux ne quittaient les mots s'inscrivant sur le papier que pour se poser avec une tendresse apaisée sur mon front ou mon visage quand je relevais la tête pour lui sourire et lui dire que je l'aimais.

Un soir, alors qu'un chapitre terminé je m'apprêtais à me lever pour quitter mon bureau en sa compagnie, elle m'ordonna :

— Ne bouge pas ! J'ai plusieurs questions à te poser.

Elle était assise sur la pointe des fesses, ses bras enroulés autour de ses jambes fléchies, son menton sur ses genoux. Sa chevelure dorée s'épandait avec grâce sur son dos.

— Pourquoi un écrivain aussi prolifique que toi écrit encore au stylo alors que tu gagnerais un temps fou en utilisant ton ordinateur dès le premier jet ?

Je haussai les épaules comme un gamin pris en faute.

— Je sais, beaucoup de mes confrères et amis me le disent, mais c'est affectif et personnel. Quand j'ai commencé à écrire, j'étais étudiant, et je n'avais pas un sou pour m'offrir ne serait-ce qu'une banale machine à écrire. Une copine de l'époque a eu la gentillesse de me taper sur une Remington avec rouleau à encre mon premier roman couché sur un cahier d'écolier. Ce livre a eu le succès inattendu que tu connais, et comme je suis superstitieux j'ai continué à jeter mes idées et intrigues sur papier en me disant que ça me porterait chance.

— Je comprends, cependant je persiste à croire que tu perds beaucoup de temps.

— Peut-être, mais je ne m'imagine pas intérioriser mes personnages, comme je le fais ou tente de le faire, le regard rivé sur un écran blanc, un écran froid, un écran déshumanisé.

— Tu parles comme un grand-père !

— C'est tout le contraire, j'ai débuté ainsi quand j'étais jeune, et je poursuis ainsi parce que cela me donne l'illusion d'avoir toujours l'âge de mon premier roman.

— C'est inutile, tu es vieux ! Cela fait trente-neuf ans que tu es vieux !

— Certes, mais alors vive les gérontes ! Vois-tu, j'ai besoin du contact charnel avec le stylo, la feuille blanche pour entrer en moi afin d'y trouver un peu de rêve, un peu d'imagination. J'ai toujours pensé que, sans le rêve et l'imagination, l'homme ne serait qu'un lombric.

Juliette détacha ses mains de ses genoux, se leva, s'étira avec volupté, les bras en croix.

— Alors je suis un lombric, car, certes, j'ai une énorme mémoire, et il m'arrive de rêver, mais je n'ai aucune imagination.

— Il est vrai que, comme celui que tu évoques, tu ondules sur cette planète avec une nonchalante élégance, une vertigineuse grâce. Heureusement que tu n'en as pas conscience. Cela pourrait te servir d'arme pour faire tourner bien des têtes.

Juliette me transperça de son abyssal regard.

— Une seule tête me préoccupe.

— Laquelle ?

— La tienne !

Et, franchissant les quelques pas qui nous séparaient, elle se jeta dans mes bras comme au premier jour.

Elle s'écarta un peu de moi, me dévisagea avec une indicible tendresse, dit :

— Je viens de terminer ton manuscrit sur Anne de Bretagne. Si je n'avais pas choisi de devenir professeur d'histoire et géographie par passion, je te dirais que tu viens de me donner le goût de l'histoire. Allez, je t'ai assez taquiné tout à l'heure, redevenons sérieuse : tu es un grand conteur, un grand raconteur, tous les personnages de cette biographie sont vivants devant nous et, je ne sais comment tu fais, mais tu t'appuies même sur des documents inédits, alors qu'on pouvait penser qu'il n'y avait plus rien à découvrir dans ce domaine précis.

— A cela une bonne raison : six ans de recherches dans les archives, la Bibliothèque nationale, d'autres bibliothèques et ailleurs. Je visite aussi les lieux où les personnes que j'étudie ont vécu ou sont passées. Beaucoup d'historiens, qui n'en ont que le nom, sortent un ouvrage tous les six mois. Leur technique est simple : ils ne vont jamais aux sources, étalent sur leurs bureaux les dernières parutions sur le sujet choisi, les comparent, vérifient qu'ils disent à peu près la même chose que leurs prédécesseurs, puis ils pondent leur bébé après y avoir apporté un style personnel, quand ils en ont un. Ils inondent ensuite le marché au détriment des véritables historiens, car heureusement ceux-ci existent, et j'en connais, dont certains enrichissent nos connaissances, tout en s'appuyant sur une réelle fluidité de l'écriture. Il reste que ceux qui allient vraiment recherches approfondies et grâce littéraire sont rares. Ils n'en sont que plus respectables et plus méritants.

Juliette acquiesça d'un pensif hochement de la tête, soupira, me phagocyta du regard.

— Tu prêches une convertie. Mais en cet instant, je suis à des années-lumière des motivations des historiens, factices ou vrais. Je pense à toi, je ne pense qu'à toi. – Elle eut un petit rire. – Tout mon corps indocile mais sans imagination rêve de toi.

Elle me flanqua une bourrade légère, me prit la main, m'entraîna dans son sillage.

— Viens, mon Romain, tu vas m'aider à préparer le dîner. Entre deux casseroles, je vérifierai si tes lèvres sont toujours aussi soyeuses, aussi souples, aussi gourmandes de moi.

Je la suivis, les larmes aux yeux, bouleversé par tant d'amour.

Les semaines, les mois s'envolèrent. Nous étions redevenus le couple fusionnel d'hier. Dès que nous avions un moment, nous partions en randonnées pédestres. C'est ainsi que nous nous engageâmes sur des chemins que nous avions déjà parcourus des dizaines de fois, et qui nous enthousiasmaient comme au premier jour.

La corniche d'Aleth, notamment, recevait notre visite au moins une fois par semaine. Impossible de se lasser de toute cette beauté grandiose et en même temps paisible. De là, l'œil se repaissait de vues privilégiées sur la cité malouine, les îlots du Petit Bé et du Grand Bé, l'île de Cézembre au loin, mais aussi sur l'ensemble de la rade où s'imposaient l'île fortifiée de la Grande Conchée, le phare du Grand Jardin, l'île Harbour et son fort, puis, reposant sur la ligne d'horizon, l'impressionnant cap Fréhel. Nous nous y promenions plutôt en fin d'après-midi pour admirer les nuées de bateaux de plaisance amarrés à leurs bouées de mouillage ou en soirée afin de profiter des lumières de la promenade au Clair de Lune de Dinard située de l'autre côté de l'estuaire de la Rance.

Nous aimions aussi nous attarder sur le quai Solidor, souvent coupé des vents dominants, conduisant à la tour du même nom, ancienne prison, transformée aujourd'hui en musée du Long Cours cap-hornier.

Souvent, ces promenades à Saint-Servan-sur-Mer nous amenaient rue Georges-Clemenceau où se dresse l'un des plus pittoresques magasins qu'il m'ait été donné de voir : une droguerie de marine.

En façade on pouvait lire ce texte insolite : « Marchand de couleurs, cadeaux décoration. Marchand d'odeurs ».

Au rez-de-chaussée, sur des rayonnages ou sur des tables, étaient exposés des bibelots rappelant la mer : poissons, oiseaux de toutes sortes, baromètres... ainsi que savons variés, fioles mystérieuses contenant des huiles essentielles mais également des parfums baptisés « l'instant thé, feuille de menthe, fraîcheur d'eucalyptus », et j'en passe.

Au plafond étaient suspendus des paniers de pêche, d'autres consacrés aux loisirs, des rames, des avirons.

Je découvris ailleurs un squelette de castor de la Terre de Feu, puis un cabinet de curiosités retraçant l'histoire de la droguerie à travers les bibelots, dans lequel trônait, menaçante, une impressionnante mâchoire de requin !

Ce magasin pour le moins surprenant se devait d'exister grâce aux imaginations fertiles de Kayenne et Loïc Josse, maîtres des lieux.

Espiègle, Loïc avait placardé sur une des contremarches de l'escalier menant à la librairie située au premier la recommandation suivante : « Seuls les chiens sachant lire couramment sont admis à l'étage. Merci de votre compréhension. »

Là, s'ouvrait en effet – Droguerie de Marine oblige – le royaume des livres spécialisés concernant le monde de la mer, mais aussi ceux touchant la Bretagne et de nombreuses parutions d'écrivains d'hier et d'aujourd'hui. Les nouveautés littéraires du moment se taillaient une large place dans ce vaste espace consacré à la culture.

Autant dire que nous ne ressortions jamais les mains vides de cette caverne d'Ali Baba, Juliette, avec des objets qu'on ne rencontrait nulle part ailleurs, moi, avec des romans que je ne possédais pas encore.

Il m'était arrivé à plusieurs reprises de dédicacer mes livres en ce havre si accueillant. A l'issue des signatures, Loïc Josse m'offrait l'apéritif, généralement un irish whiskey, le Paddy pour lequel il avait de l'estime. Il me disait alors, tandis que ses yeux bleus pétillaient malicieusement :

« Tu peux y aller franchement : Paddy, pas pris ! »

Et nous trinquions ensuite, dans une paisible, une réconfortante sérénité.

Il n'était pas rare aussi de nous voir flâner le long des bassins pour rêver en observant les grands bateaux à l'ancre. Quai Duguay-Trouin, un trois-mâts : *L'Etoile du Roy*, admirable réplique d'une frégate du XVIIIe siècle, accessible à la visite moyennant finances, nous permit en plusieurs occasions de nous offrir une vision passionnante de la vie à bord des marins au temps des corsaires malouins.

Mais il nous arrivait également, et de plus en plus souvent, de passer un week-end à Dinan. Nous y recevions des amis de Juliette, et parfois les miens. Nous y allions aussi pour le plaisir, sans mélange, de parcourir des rues bordées de maisons à pans de bois des XVe, XVIe et XVIIe siècles, à étages en encorbellement, à porches triomphant sur des piliers de bois ouvrant sur des vitrines de toutes sortes à hautes fenêtres. Juliette ne se lassait pas de ces promenades où, à chaque pas, une main enfouie dans la mienne, elle soupirait de bonheur.

Nous nous arrêtions souvent pour saluer des élèves, leurs parents, des voisins de palier, des relations plus ou moins proches, car, en raison de sa profession, Juliette était connue. Et appréciée. Et bien des gens lui tressaient des louanges devant moi, ce qui la gênait beaucoup, car, par nature elle était discrète, voire à sa façon timide.

Bien entendu, elle m'avait emmené rue de Léhon où se dressait le collège Roger-Vercel dans lequel elle professait. C'était là que se situait l'entrée réservée aux enseignants et au personnel. Au-dessus de la vaste porte en bois ouvrant sur une cour, une plaque commémorative rappelait avec fierté : « Ici ont étudié Chateaubriand et Broussais. » Une autre, plus modeste, fixée sur le mur voisin signalait : « Ici enseigna Jean Urvoy – 1898-1989. Peintre et sculpteur. »

Le printemps 2010 pointa ses feuilles, ses fleurs, son joli renouveau, assorti d'un léger crachin, de soleil et de menues pluies. Puis ce fut l'été, le début des vacances.

Juliette perdit son sourire, devint grave. Un soir, alors que nous regardions sur Arte un documentaire sur les singes, elle quitta son fauteuil, vint s'asseoir sur mes genoux, plaqua ses mains sur mes tempes, me dévisagea longuement et lança :

— J'ai rendez-vous demain avec mon gynécologue. Je vais retenter une fécondation in vitro.

J'acquiesçai silencieusement du bonnet.

— Si ça réussit, reprit-elle, et si tu es d'accord, bien sûr, j'aimerais que nous achetions une maison. Pour un enfant, c'est mieux qu'un appartement, même s'il a les pieds dans l'eau comme le tien.

Et elle éclata en sanglots. Je la serrai dans mes bras, mélangeai mes baisers à ses larmes, m'efforçai de la rassurer.

— Ne t'inquiète pas, la médecine progresse tous les jours, cette fois ça marchera, et, bien sûr, je suis d'accord pour une maison.

Elle m'embrassa sur les joues, m'étreignit avec force, renifla un peu.

— Je t'aime, dit-elle, si tu savais comme je t'aime !

— Je suis là, mon cœur, je serai toujours là pour toi.

Elle opina de la tête, contempla le plafond, blottie dans mes bras, puis elle s'endormit. J'attendis deux heures sans bouger de crainte de la réveiller. Je me levai enfin, la portai dans la chambre. Elle dormait toujours, son beau visage figé semblable à un masque de cire. Je m'assis près d'elle puis, toutes lumières éteintes, je la veillai. A l'aube, le sommeil enfin eut raison de moi.

19

Avec juillet, le traitement commença. Trois semaines d'injections d'hormones pour stimuler les ovaires, période durant laquelle je limitai conférences, séances de dédicaces, salons du livre, écriture, préférant soutenir le moral de Juliette. Arrivèrent la ponction de ses ovocytes en clinique, le don de ma semence puis la fécondation in vitro. Suivit, tant attendu, le verdict : pour la seconde fois la FIV avait échoué.

Juliette demeura prostrée durant le reste des vacances scolaires. Je l'emmenai à plusieurs reprises à Dinard chez mes parents dans l'espoir de meubler son esprit, et de lui faire oublier, ne serait-ce qu'un moment, le drame qui l'habitait. Profitant d'un aimable soleil qui, cette année-là, fut assez prodigue, nous allions nous détendre sur la plage du Prieuré ouvrant sur l'estuaire de la Rance, plus facile d'accès en voiture que la plage de l'Ecluse, et surtout moins venteuse et moins surpeuplée.

Mes parents, ma mère surtout, femme oblige, se mettaient en quatre pour occuper Juliette. En vain. Elle tournait un beau visage tragique vers eux, leur délivrait un pâle sourire, un regard dont tout éclat avait disparu et, invariablement, elle disait :

— Ne vous inquiétez pas, tout va bien.

Tout allait si bien qu'en quinze jours elle ne se baigna pas une seule fois, refusa toute promenade, toute sortie, avec moi ou avec des amis, n'écouta plus de musique, ne regarda plus la télé, répondit par onomatopées ou par de brefs signes du chef aux questions ou aux propos que je lui tenais, se coucha à neuf heures tous les soirs, m'embrassant sur la joue quand je m'allongeais près d'elle avant de me tourner ostensiblement le dos.

Calvaire pour moi, qui n'étais coupable de rien. Calvaire pour elle, qui aurait tant voulu être mère pour sceller définitivement notre union. Elle n'évoqua plus l'idée d'un mariage ou l'achat d'une maison. Pas question, ainsi qu'elle l'avait affirmé, d'une troisième tentative de FIV, moins encore d'adopter un enfant. Juliette était brisée, et elle me le faisait savoir.

La rentrée scolaire l'obligea à réagir. Elle s'absorba dans ses préparations de cours et la correction des copies de ses élèves. Il lui arriva de dormir plus souvent à Dinan, en raison, disait-elle, de réunions se terminant tard le soir ou de surcharges imprévues de travail.

Je respectais ses choix, bien que souffrant les mille morts. Elle était devenue, sinon distante, du moins distraite. Si j'étais près d'elle, j'avais le sentiment qu'elle était ailleurs. Remarquait-elle encore ma présence ? Se souvenait-elle que je l'aimais ?

Puis le temps fit son œuvre. Six mois plus tard, Juliette sembla émerger peu à peu d'un cauchemar. Elle me regarda à nouveau avec ses yeux d'hier, consentit à me sourire avec chaleur, à caresser mon visage, à se blottir contre moi, à s'emparer de ma main pour m'entraîner vers de longues randonnées, à m'offrir son corps pour de fragiles étreintes. Fragiles, parce que j'en avais été privé depuis l'échec de sa seconde FIV, et que je craignais de commettre des gestes irréparables qui m'auraient à jamais séparé d'elle.

A la Pentecôte 2011 survint l'incontournable Festival international du livre et du film Etonnants Voyageurs de Saint-Malo, situé sur le quai Duguay-Trouin et dans le Parc des Expositions, présidé et dirigé par l'écrivain Michel Le Bris. J'y pris part, comme chaque année, sur le stand de mon éditeur.

Juliette m'y accompagna, assista à plusieurs tables rondes, suivit plusieurs films consacrés aux thèmes du Salon, disparut à plusieurs reprises dans le flot d'une foule de plus en plus dense. Entre deux tables rondes ou deux cafés littéraires, elle s'asseyait auprès de moi, attentive aux conversations, hélas trop brèves, que j'entretenais avec mes lecteurs, car ceux-ci se pressaient devant mon stand, et je ne pouvais leur consacrer que peu de temps avant de passer aux suivants.

Elle participa aux repas retenus pour les écrivains dans différents restaurants intra-muros par Lucie, charmante et efficace attachée de presse de ma maison d'édition. Ce fut l'occasion pour elle de revoir Aline et Pierre, ce dernier étant un grand spécialiste du livre d'évasion et d'aventure, ouvrages très recherchés par le public du Salon. Aline et Juliette s'éclipsaient parfois pour aller prendre un rafraîchissement à une terrasse de café, arpenter les remparts et les quais voisins et parler de tout et de rien. De tout surtout. De l'impossibilité pour l'une d'avoir des enfants. Du drame terrible qu'elle devait surmonter pour continuer d'exister sans me perdre. C'est du moins ce qu'Aline me confia un peu plus tard avant que, le Salon fermant ses portes, elle et Pierre ne regagnent Paris où plusieurs rendez-vous d'affaires les rappelaient d'urgence.

L'été suivant, après un séjour de deux semaines en Espagne sur la Costa Brava où nous étions partis dans le seul but de farnienter, de profiter de la cuisine locale et de tenter d'oublier les épreuves que nous venions de traverser, nous partageâmes à nouveau notre temps entre Dinan et Saint-Malo.

Juliette semblait aller mieux. Sa peau, dorée par notre séjour hispanique, ses yeux verts parcourus par des langueurs océanes, la rendaient plus belle, plus troublante encore. Je ne me lassais pas de la contempler, ne me lassais pas de m'interroger. Pourquoi m'avait-elle choisi ? Certes, me soupçonnant de quémander quelques naïfs compliments du genre : tu es beau, tu es intelligent, sensible, tu es un prodigieux écrivain, elle avait répondu cent fois à cette question de façon peu crédible :

« Pourquoi t'ai-je choisi ? C'est simple, tes bouquins ne sont pas trop mauvais, physiquement tu n'es pas extraordinaire mais tu n'es pas moche non plus ; sur le plan humain tu as peu, voire pas de qualités, mais en revanche, et je te pardonne tout le reste, tu es un merveilleux amant ! »

Ainsi était Juliette, pudique et espiègle à la fois. Elle dissimulait ses sentiments, ne les révélait que dans l'acte d'amour, quand le corps exulte, quand il dit à l'autre : je t'aime, avec des soupirs qui ne mentent jamais.

Parfois, après l'extase, elle essuyait une larme avec un doigt. Je savais ce qu'elle pensait. Elle l'avoua un jour :

« J'ai honte, tant de plaisir, tant de bonheur qui ne déboucheront jamais sur une maternité ! »

Je ne répondais pas. A quoi bon sortir des inepties, des phrases bateau qui ne consolent pas. Le mal était irréparable. Nous le savions tous les deux. Il fallait lutter pour remonter la pente, apprendre à oublier. J'étais elle, elle était moi. J'en étais intimement convaincu.

Je ne répondais donc pas. Mais je l'étreignais plus fort encore, avec une douceur tranquille. Je serai toujours là. Je te protégerai toujours.

Les jours s'écoulaient, nous observaient avec une ironie paisible, tissaient une invisible toile d'araignée autour de nous. Le malheur aime frapper plusieurs fois à la même porte. Il n'allait pas s'en priver.

20

En novembre de la même année, à la suite d'un frottis vaginal, le gynécologue de Juliette lui détecta un début de cancer du col de l'utérus. Des examens complémentaires précisèrent que la tumeur cancéreuse, limitée au col, et visible uniquement au microscope, pouvait être retirée par une simple conisation, c'est-à-dire par l'ablation d'un fragment du col utérin taillé en forme de cône.

Cette intervention bénigne terminée, Juliette poursuivit ses activités. Les médecins avaient été rassurants. Enrayé, le mal serait suivi d'une surveillance simple.

Quand Juliette fut suffisamment rétablie nous reprîmes nos ébats amoureux. Avec méthode, prudence puis, avec le temps, avec davantage d'élan. En vain. Juliette ne vibrait plus, ne roucoulait plus, ne scandait plus : amour, amour, amour ! durant mes assauts qui, hier encore, l'emmenaient au ciel. Pire, elle demeurait inerte, attendant avec patience que j'eusse pris mon plaisir. Un plaisir bien relatif, car je me sentais coupable de son manque de réactivité, et, appréhendant de l'importuner quand je devenais trop pressant, ma virilité s'en ressentait au point parfois de renoncer à l'honorer.

Cela dura des mois, sans qu'on évoquât la cause de ce déraillement de nos sens. Puis un soir, alors que, installés sur le canapé du salon, nous écoutions un best of de Louis Armstrong, m'aventurant, en toute connaissance de cause, sur des sables mouvants, j'abordai le sujet.

— Juliette, il faut qu'on parle…

Elle pivota sa tête vers moi, me fixa avec une sorte de curiosité détachée.

— Que veux-tu me dire ?

— Tout d'abord, est-ce que tu m'aimes encore ?

Elle haussa des sourcils étonnés.

— Quelle question ! Bien sûr ! Tu en doutes ?

— Un peu, je l'avoue.

Elle caressa ma figure, avec l'affection d'une mère écoutant son enfant lui débiter des sottises.

— Sot ! Je t'aime, et je t'aimerai toujours.

— Pourtant, nos rapports amoureux sont devenus épisodiques, décevants, très décevants, d'autant que plus jamais tu ne me demandes de jouer le cheval fou.

— Tu aurais bien du mal, tu ne bandes plus beaucoup…

L'attaque était injuste. Je me rebellai sans illusion.

— Quel vilain mot dans une si charmante bouche. Dieu sait pourtant que je te désire autant qu'avant. Seulement, depuis ton opération tu es devenue inerte, et cela me bloque. Que nous arrive-t-il ? J'ai l'impression que l'ablation d'un fragment de ton col utérin t'a ôté ce que d'aucuns appellent le point G.

Juliette abandonna sa nuque sur le dossier du canapé, riva ses yeux au plafond, croisa avec agacement les bras sur sa poitrine.

— Ne crois-tu pas plutôt que ce qui nous arrive arrive aussi à la plupart des couples ?

— C'est-à-dire ?

— Nous sommes peut-être victimes de la routine. Nous nous connaissons trop.

— Je ne te connaîtrai jamais assez.

Un petit sourire ému adoucit le visage de Juliette.

— Moi non plus, dit-elle.

Et ce que je n'espérais plus depuis plusieurs jours se produisit. Elle m'enlaça avec tendresse, m'offrit un baiser agile, profond, si profond que je sus que je n'étais pas prisonnier de la routine, et que j'étais toujours prêt à sacrifier ma vie pour elle.

Les semaines s'enfuirent. Se ressemblèrent. Le jour de l'an fut bientôt derrière nous, la froidure persistait, la neige couvrit pendant quelques jours les remparts, les plages, les rues et les quais de Saint-Malo. Puis le printemps 2012 surgit. Surgir : terme excessif. Pointa un museau timide plutôt, accompagné d'une mer en colère, de pluies lourdes et de tempétueuses bourrasques de vent.

Routine en effet, Juliette jouait au professeur et moi à l'écrivain. Elle continuait par sa beauté et sa compétence à séduire ses élèves, je peinais à aligner des mots sur le papier. J'étais si préoccupé par notre couple que je ne pensais plus qu'à cela. Ma veine romanesque me paraissait tarie. Avide de démesure en amour, je guettais tous les signes avant-coureurs d'un éventuel désastre.

Il y en avait. Une caresse sur la joue, une pression sur l'épaule, un câlin furtif quand nos pas se croisaient dans l'appartement ou ailleurs, nos conversations qui illuminaient nos jours, tout cela était devenu d'une rareté affligeante. Lorsque je m'absentais, pour répondre à mes obligations littéraires, Juliette ne m'adressait plus de petits gestes mélancoliques par la fenêtre entrouverte. Un baiser rapide, lèvres closes sur mes lèvres, avant de refermer la porte de l'appartement donnant sur le palier de l'immeuble, lui suffisait désormais pour marquer sa tendresse.

Je m'éloignais alors à pas lents, terrifié par tant de froideur.

Puis il y eut ce matin funeste. Le réveil venait de sonner. C'était un jeudi, jour où Juliette avait cours à neuf heures avec une classe de troisième. Elle m'embrassa sur le front comme d'habitude, me regarda avec un visage grave ouvrir des yeux paresseux sur le monde et déclara :

— Romain, tu as ronflé comme un soufflet de forge toute la nuit. C'était insupportable et je n'ai pas pu fermer l'œil.

Je m'étonnai :

— Tu es sûre ?

— Certaine, et ça fait une semaine que ça dure.

Je me dressai sur mon séant, pressai les mains de Juliette entre les miennes.

— Je suis désolé, j'ai dû prendre froid, je vais me soigner.

— Peut-être, mais en attendant je dormirai dans l'autre chambre, j'ai beaucoup de boulot en ce moment au collège, et j'ai besoin d'être en forme.

Elle desserra l'étreinte de mes doigts, glissa une paume distraite sur ma figure.

— Tu ne m'en veux pas ?

— Non.

Elle se leva.

— Repose-toi encore un peu. A ce soir.

— A ce soir.

Elle coucha donc dans la chambre d'amis, qui lui servait auparavant de bureau. Elle y coucha deux nuits, trois nuits, une semaine. Y resta.

Quand je lui annonçai que mon rhume était guéri, elle répondit qu'elle en était ravie ; cependant, elle s'était bien habituée à dormir seule et, comme elle gigotait beaucoup dans son sommeil, il était préférable qu'elle fasse chambre à part pour ne pas me réveiller, conclut-elle.

— Tu ne me réveilles pas, dis-je, et si c'était le cas, ce serait un bonheur pour moi de te regarder et de te consoler si tu faisais un cauchemar.

— Grand fou, je te rappelle que tu as besoin d'être en forme pour écrire tes romans. Que diraient tes lectrices si, brusquement, tu tombais en panne d'inspiration à cause de moi ?

— Et mes lecteurs. Ma respiration c'est toi, mon inspiration c'est toi. Tu es mon moteur, mon premier juge lorsque tu lis mes manuscrits, ma nécessité.

— Et comment faisais-tu avant de me connaître ?

— J'allais. J'ignorais que je n'existais pas.

— Romain ! Cesse d'en rajouter ! Je sais que tu m'aimes, tu me le dis assez. Mais ce que je te demande, ce n'est pas la fin du monde, et crois-moi, je le fais pour toi. Depuis quelque temps, tu produis moins. Il faut que nous mettions un peu d'ordre dans notre existence. C'est indispensable pour que nous continuions à bien vivre ensemble, à bien nous épanouir ensemble. Je ne sais plus qui a dit, je cite approximativement : « S'aimer, ce n'est pas se regarder dans le blanc des yeux, c'est regarder dans une même direction. » Or, je ne voudrais pas que ta veine littéraire se tarisse à cause de moi. Prenons un peu d'espace, nous ne nous en aimerons que davantage. Et puis – elle eut un doux sourire, un de ceux qui emprisonnaient mon âme –, cela ne changera rien à nos rapports amoureux, tu me rejoindras dans mon lit chaque fois que tu le désireras.

Nous étions un dimanche matin. Nous avions petit-déjeuné, nous avions fait notre toilette. Nous allions sortir bientôt pour retrouver Berthe et Philippe, un couple d'amis avec qui nous avions réservé une table au restaurant le Chateaubriand situé sur la place du même nom.

Pour me prouver la sincérité de ses propos, elle glissa ma main dans la sienne, murmura : « Viens ! », et elle m'entraîna dans sa nouvelle chambre.

— Nous allons être en retard, dis-je.

— Ne t'inquiète pas, Berthe et Philippe n'en mourront pas !

Nos corps se cherchèrent, s'unirent, se désenchantèrent. Elle n'était plus elle, je n'étais plus moi. Elle attendait, patiente, aimable, que j'eusse pris mon plaisir, je demeurais, mes sens en berne, à la lisière du désespoir, car je savais qu'elle ne ressentait plus rien. Tout au moins avec moi.

21

C'est la dernière fois qu'elle me proposa de faire l'amour. Il y eut encore quelques décevantes étreintes. Plus que cela, sinistres. Elle acceptait de se donner, m'adressant en même temps un regard misérable qui m'emplissait de honte et de tristesse. Je me sentais alors coupable, alors que je n'étais coupable de rien. Je rêvais toujours de voir resurgir l'étincelle qui remettrait le feu aux poudres, exalterait notre quotidien, nos vies. En vain.

Je me fis une raison. Nos rapports intimes s'espacèrent, s'effacèrent. Ou presque. Seul dans mon lit, je comptabilisais mes heures d'insomnie. Je lisais des ouvrages achetés par mes soins ou offerts par des confrères, j'écoutais à la radio les informations en boucle, les programmes de la nuit, feignant de considérer comme des amis certains animateurs m'aidant à lutter contre la solitude.

Le reste du temps, je humais l'obscurité, guettais le silence, brisé çà et là par une lame de parquet qui craque, le frigo qui se recharge, des canalisations et chasses d'eau de l'immeuble sollicitées par des voisins, des insectes ou des infiniment petits se frayant un mystérieux destin à travers les cloisons. Mes sens étaient devenus si aiguisés que j'entendais Juliette remuer dans son lit, se moucher, éternuer, toussoter, se retourner nerveusement en quête de sommeil. Elle aussi écoutait la radio. Un rai de lumière sous sa porte, visible parfois lorsque, en désespoir de cause, je me levais pour me dégourdir les jambes ou satisfaire des besoins naturels, m'indiquait qu'elle aussi lisait.

Une nuit d'orage, alors que j'avais quitté ma couche pour observer par la fenêtre un ciel zébré d'éclairs, un cri retentit dans la chambre voisine suivi d'un « Maman ! Maman ! » d'outre-tombe. Je me précipitai, ouvris la porte, appuyai sur l'interrupteur.

Agenouillée au mitan du lit, les cheveux défaits, la bouche béante happant bruyamment l'air comme si elle craignait d'en manquer, ses mains étreignant sa gorge, Juliette fixait avec épouvante le mur devant elle.

Je la pris dans mes bras, l'étreignis avec douceur.

— Je suis là, je suis là ! Que t'arrive-t-il ?

Elle tourna vers moi une figure décomposée, laissa peser un silence avant de me répondre :

— Maman ! Elle est venue !

Je balayai la pièce d'un œil ébahi.

— Ça ne se peut pas. Il n'y a personne. C'est un cauchemar.

Elle hocha la tête.

— Je sais, je ne suis pas folle ! Mais c'est comme si elle avait été là. Elle était au pied du lit. Elle me regardait, et elle m'a dit : « Je vais enfin pouvoir rejoindre ton père, je suis morte ! » C'était incroyable de vérité !

— Bien sûr, mais ce n'est sans doute pas un rêve prémonitoire. Je pense que ton subconscient gamberge parce que, sous prétexte qu'elle ne te reconnaît plus, tu ne lui rends plus jamais visite, et tu as peut-être un peu honte quelque part.

Juliette souffla avec force, laissant ainsi s'échapper sa peur. Elle opina du bonnet, inspecta sa chevelure d'une main distraite.

— Tu as sans doute raison, je suis une mauvaise fille. J'irai la voir le plus tôt possible.

Au-dehors, le tonnerre faisait trembler l'immeuble et les cloisons de l'appartement, les éclairs éblouissaient toujours la nuit.

Mes lèvres effleurèrent son front.

— Veux-tu que je reste auprès de toi, le temps que l'orage s'éloigne ?

— Oui, s'il te plaît, je veux bien.

Je m'allongeai sur le flanc à ses côtés. Elle se blottit contre moi, tremblante. Des doigts glacés jouèrent, rêveurs, avec la légère toison de poils bruns flânant sur ma poitrine. Une bouche reconnaissante m'accorda un baiser sur une épaule. Une voix s'éleva, songeuse :

— Quand je pense à mes parents... Qu'est-ce qu'ils ont pu s'aimer...

Puis, d'un seul coup, Juliette s'endormit.

Toute la nuit je demeurai près d'elle à la veiller, à dévorer ses traits du regard dans la pénombre, à espérer d'autres orages, à rêver des jours anciens avec elle.

Au matin, elle se leva, m'observa avec curiosité et un zeste de tendresse, avant de se hâter pour ne pas être en retard au collège.

Le soir venu, après les au revoir rituels, elle retourna dans sa chambre comme si de rien n'était.

Je rejoignis la mienne, contemplai le plafond une heure durant, puis je me plongeai dans la lecture du dernier roman de mon vieil ami Pierre, reçu par la poste deux jours auparavant.

L'été 2012 survint sans que l'on y prît garde. Nous nous étions installés avec un confort relatif dans la grisaille, la morosité des jours. Dernière trouvaille de Juliette, elle préférait dorénavant sortir seule, plutôt que de supporter ma présence. J'ai besoin de me ressourcer, me disait-elle, je t'aime toujours autant mais j'ai besoin de faire le point sur moi-même. J'ai besoin de comprendre qui je suis. Eternelle question. Banale question. Sans réponse. Etait-elle consciente qu'elle détruisait ma vie ? Je ne sais.

Elle multiplia ses promenades sans moi. Elle en revenait, non pas avec un visage apaisé, mais avec le regard absent. Elle dormit de plus en plus souvent à Dinan, sous prétexte que certaines réunions de professeurs ou avec des parents d'élèves se terminaient tard. Les vacances estivales se passèrent à Saint-Malo avec quelques brefs séjours dans des stations balnéaires de la côte d'Armor et à Dinard chez mes parents. Elle vivait ces rares moments avec agacement car, pour faire bonne figure, en famille ou par souci d'économie à l'hôtel, nous nous devions de faire chambre commune, ce qui lui était devenu totalement insupportable. Je lui proposai d'aller nous détendre une dizaine de jours à Paris en août, elle refusa.

Je me réfugiai dans mon bureau, écrivant sans passion, me demandant avec angoisse si je parviendrais à achever le roman en cours dans les temps impartis par mon contrat d'édition.

Un soir, après avoir dîné chez mes parents, nous allâmes flâner sur la digue de la plage de l'Ecluse puis sur la promenade du Moulinet, dont la pointe semblait s'enfoncer dans l'écume d'une mer en colère. Le chemin devenant étroit, nous cessâmes de marcher de front et, tout en devisant, les femmes nous doublèrent, mon père et moi.

— Ralentis un peu, me dit celui-ci.

Puis, jugeant que la distance qui nous séparait de Juliette et de ma mère était suffisante, d'une voix basse il me questionna :

— Que se passe-t-il ? Quelque chose achoppe avec Juliette ?

Je haussai les épaules, tout à la fois agacé et désabusé.

— Non, tout va bien.

— J'en doute. Madeleine aussi. Tu sais que nous évitons de nous mêler des affaires de couples, mais tu es notre fils, et je ne te cacherai pas que nous sommes inquiets.

— Papa, arrête, tout va bien !

— C'est généralement ce qu'on dit quand rien ne va plus.

— Paul, tu m'emmerdes !

Mon père s'arrêta, caressa ma nuque avec affection, comme il le faisait parfois lorsque j'étais enfant. Il savait que si je l'appelais par son prénom, c'était parce que j'étais contrarié. Il interrompit son geste, contempla les vagues bousculant les rochers en contrebas.

— Occupe-toi bien d'elle, reprit-il, elle semble forte mais elle est fragile.

Il soupira :

— C'est terrible pour une femme de ne pas pouvoir avoir d'enfants.

— Pour un homme aussi, dis-je, mais, s'il te plaît, laisse-moi gérer mes problèmes. Il faut de la patience, du temps. Nous nous aimons.

Une moue perplexe se dessina sur les lèvres de mon père.

— Je l'espère, nous l'espérons, car nous apprécions beaucoup Juliette. Je ne te dirai pas qu'elle est belle, c'est une évidence, mais elle est beaucoup plus que cela, elle a de la classe, une richesse intérieure qui crève les yeux de quiconque l'observe. Et ce serait dommage de la perdre.

Il marqua une pause, le front barré d'une ride soucieuse, avant de conclure :

— Sois vigilant, mon fils.

— Papa !

Je n'eus pas le loisir de protester davantage. Ma mère et Juliette s'étaient arrêtées pour nous attendre.

— Alors, nous interpella maman, qu'est-ce que vous tramez tous les deux ? Vous refaites le monde ou quoi ? On vous attend !

Profitant des vacances de la Toussaint, Juliette s'absenta trois jours pour aller voir sa mère. Elle revint de ce court séjour dans la banlieue parisienne le visage fermé, le regard perdu. Elle m'embrassa, bien sûr, par réflexe, et je la sentais si froide, si ailleurs, que j'eus à lutter contre une sorte de vide qui s'était emparé de moi, avant de lui demander comment allait sa mère qui était, quand même, l'objectif de son voyage.

— Elle va comme on va, me répondit-elle d'une voix impersonnelle. Comme on peut aller quand on a perdu la raison au point de ne même plus reconnaître sa propre fille.

Et on en resta là, car il était évident que Juliette ne désirait plus aborder le sujet.

On l'aborda pourtant d'une manière détournée. Deux nuits après son retour, je fus réveillé en sursaut par des cris, des hurlements plutôt. Je me ruai dans la chambre de Juliette, la trouvai assise sur le lit, lumière allumée, un regard halluciné courant sur les murs autour d'elle.

— Qu'y a-t-il, tu es malade ?

— Non, mais maman est revenue ! Elle m'a encore dit qu'elle était morte !

— C'est encore un cauchemar, tu l'as vue récemment, ça va passer.

Il fallut du temps pour qu'elle retrouvât son calme. Je lui avais pris la main, je caressais son épaule, épongeais son front à la moiteur glacée, mais je n'osais plus l'embrasser pour la consoler, la rassurer, de crainte d'être rejeté. Peu à peu, sa respiration redevint régulière.

— Ça va mieux ?

— Ça va, je te remercie.

Je remarquai alors un tas de médicaments, en vrac sur son chevet.

— Qu'est-ce que c'est que tout ça ?

Elle dodelina de la tête, agacée par ma question.

— Rien, des tranquillisants et des somnifères. Rien de très fort, mais en ce moment j'ai quelques petits problèmes au collège avec certains élèves, et j'ai besoin de canaliser un peu de stress. Ça va aller.

Un grand froid parcourut mon échine. Je frissonnai, secouai dos et épaules pour le chasser, fixai Juliette avec intensité.

— Tous tes collègues que je connais affirment que tu as une aura, une autorité naturelle avec tes potaches. Je ne peux pas croire ce que tu me dis. Ne penses-tu pas que tes problèmes ont en réalité, un nom : Romain. Moi ?

Elle me dévisagea avec curiosité.

— Pourquoi dis-tu ça ?

— Parce que tu as changé, parce que tu n'as plus aucun élan envers moi, parce que j'ai le sentiment d'être un bibelot, sinon un intrus dans ma propre maison.

Elle effleura ma joue d'une main distraite.

— Tu te trompes, tu es toujours l'homme de ma vie.

Une moue amère déforma mes lèvres.

— Dans ce cas, me voici rassuré.

Elle se pencha vers moi, m'accorda un furtif baiser, ébaucha un pâle sourire.

— Va te reposer maintenant, je vais mieux.

Je quittai le bord du lit sur lequel je m'étais assis.

— A demain.

— A demain.

Plus de « chéri », plus de « mon amour », plus de « mon cœur », ces mots bateau, banals, emplis d'infini.

« A demain. »

Au cours de la semaine qui suivit, je me précipitai à trois reprises dans la chambre de Juliette. A trois reprises, elle accusa sa mère de venir la persécuter. A trois reprises, elle me remercia d'une voix éteinte, parce que j'étais toujours là quand elle avait besoin de moi.

Je dus pourtant m'absenter pour assurer à Paris, auprès de la presse écrite et télévisée, la promotion de mon dernier roman.

Je téléphonais tous les jours à Juliette pour savoir si elle allait mieux. Elle me répondait oui, d'un ton morne, décalé, absent. Elle ne m'appela pas une seule fois. Je revins à Saint-Malo un jour plus tôt que prévu, me hâtai chez nous, saisi d'une angoisse indicible. C'était un vendredi. Seize heures. Juliette était en cours et ne rentrait en général qu'après dix-huit heures. Ma valise échouée au pied de mon lit, je me dirigeai vers la cuisine pour y prendre une bière dans le réfrigérateur. Juliette connaissait mes habitudes. Au retour de chacun de mes déplacements, mes bagages posés dans ma chambre, j'allais me désaltérer dans la cuisine.

Je remarquai alors la lettre placée bien en évidence sur la table. « Romain » sur l'enveloppe. Je l'ouvris d'une main fébrile, craignant le pire.

Le pire était là, celui qui terrasse une vie :

Romain,

Je t'ai aimé avec passion, avec déraison, et je pensais que cela durerait toujours. Mais le quotidien, le temps en ont décidé autrement. Tu avais raison, je ne t'aime plus. Je te quitte donc, et je repars vivre à Dinan.

N'y viens surtout pas, ne cherche pas à me revoir, cela nous mettrait dans une situation inconfortable et inutile car ma décision est définitive.

Je te remercie pour tous les moments merveilleux que nous avons partagés, pour ta gentillesse, tes attentions, ta patience, et je te souhaite de rencontrer un jour une femme plus adulte, plus achevée que moi, qui te rendra heureux et t'apportera la paix que tu mérites.

Je ne t'aime plus, mais je ne t'oublierai jamais.

Juliette.

Je relus une seconde fois la lettre, épluchant chaque phrase, chaque mot. Je me rendis ensuite dans la chambre de Juliette. Tous les livres lui appartenant avaient disparu des rayonnages de la bibliothèque. J'ouvris l'armoire, la commode, les tables de chevet. Vides.

Je balayai la pièce d'un regard circulaire avant de m'abandonner à la douceur du lit. Là, allongé, jambes tendues, bras en croix, je portai toute mon attention aux moulures du plafond ; j'écoutais en moi tous mes muscles, mes nerfs se décontracter, se détendre un à un, exsuder tout stress, toute angoisse.

Puis, dans un grand flot paisible, je me mis à pleurer.

TROISIÈME PARTIE

22

Une semaine déjà qu'elle est partie. Une semaine que je viens de passer presque exclusivement dans son lit, je veux dire le mien, les yeux clos, le nez enfoui dans son oreiller, afin de humer les ultimes fragrances du parfum qu'elle portait, et qui me donnaient l'illusion qu'elle était encore là.

Et puis j'ai lutté pour desceller mes paupières. J'ai alors laissé errer mon regard sur un univers devenu trop grand, trop hostile pour moi. Durant ces quelques jours, je n'avais répondu à aucun appel téléphonique, ouvert aucune lettre, parcouru aucun mail s'entassant dans mon ordinateur. Je n'avais quitté ma chambre que pour aller aux toilettes, boire un peu d'eau, grignoter un quignon de pain, cracher, après un rapide brossage de dents, un peu de dentifrice dans le lavabo, engloutir au goulot quelques gorgées d'un excellent cognac censées, à tort, j'ai pu le vérifier, me fouetter, me fournir l'énergie nécessaire qui sied à un homme digne de ce nom.

On a sonné à ma porte à plusieurs reprises. Le facteur, des importuns, des amis, je m'en foutais. J'étais bien, enfoui dans mes couvertures, dans le silence, l'ombre de la pièce aux volets fermés, dans une sorte d'aimable quiétude, que j'associais à celle qui, selon moi, précède la mort. Je me sentais vide, déconnecté, libéré de toute peur, de tout chagrin, de toute contingence du quotidien.

J'aimais mon renoncement, mon inutilité, mon désespoir.

Et puis je me suis souvenu que j'avais des parents, que j'étais écrivain, que j'avais signé des contrats que je devais honorer, que des gens s'intéressaient à moi peut-être, que j'étais condamné à vivre, à défaut d'exister.

Je me suis levé. J'ai avalé trois cafés, me suis douché, rasé avec soin, observant avec curiosité la figure tragique, émaciée qui me défiait dans le miroir. « Comment Juliette a-t-elle pu se résigner à quitter un si beau mec ! me suis-je exclamé en éclatant d'un rire lugubre. Admirez ces traits réguliers, la plénitude pensive de ce regard de velours, le ciselé des oreilles, pareilles à de délicats coquillages, la qualité du grain de la peau, le bronzage naturel résistant à tous les climats, toutes les latitudes, et cette chevelure, dense, noire, encadrant une figure à l'ovale parfait. Si j'étais une fille, je serais folle de moi ! »

J'ai éclaté d'un gros rire puis, d'un poing vengeur, j'ai brisé le miroir qui se gaussait de mon image en me jetant au visage le reflet d'un homme que j'avais cessé d'aimer.

Quelques instants plus tard, après avoir, avec force pansements et antiseptiques, joué les infirmiers au secours de ma main ensanglantée, j'ai quitté la salle de bains et gagné mon bureau. Il était temps pour mon équilibre de me replonger dans la réalité, si je ne voulais pas sombrer dans un état larvaire, second, indigne de mon insignifiante personne !

Je suis sorti. Je suis monté dans ma voiture. Ma première visite a été pour mes parents. Je ne les avais pas prévenus. Je me suis garé devant chez eux. Ma mère m'a aperçu par la fenêtre de sa cuisine. Elle a alors accouru vers moi, ouvert le portail donnant sur la petite cour, blotti sa crinière blanche contre ma poitrine, m'a pressé dans ses bras.

— Que se passe-t-il ? Voilà quinze jours qu'on n'a plus de nouvelles. On a essayé de te joindre plusieurs fois, ton père a même fait un saut chez toi, mais ça n'a pas répondu. On était inquiets, mais voilà, tu es là !

Elle s'est écartée un peu de moi dans l'attente d'une réponse à sa question.

— Juliette m'a quitté.

Elle a sursauté, stupéfaite, les yeux démesurément écarquillés.

— Mon Dieu !

— Dieu n'a rien à voir en cette affaire.

— Pourquoi est-elle partie ?

— Parce qu'elle ne m'aime plus, c'est aussi simple que cela.

Ma mère a secoué nerveusement la tête.

— C'est impossible, je ne peux pas le croire !

Elle a saisi mon poignet pour m'engager à la suivre.

— Viens, ton père est dans son atelier.

On a escaladé les deux étages menant à son repaire. Il est là, en effet, debout devant un chevalet, pinceau et palette de couleurs à la main, immortalisant sur la toile à partir d'une carte postale un paysage représentant l'estuaire de la Rance.

Il se retourne à notre arrivée, sourit en me reconnaissant, délaisse sa tâche pour venir m'embrasser.

— Alors, fiston, ça fait un bail. Quoi de neuf ?

— Pas grand-chose, sinon que Juliette m'a quitté et qu'elle est repartie vivre à Dinan.

Il s'affaisse sur une chaise, les jambes coupées par la nouvelle. Il m'observe un moment avec gravité, laisse son regard s'attarder sur ma main pansée, pointe un doigt vers elle, dit :

— Qu'est-ce que tu t'es fait ? Tu n'as pas cherché à t'ouvrir les veines au moins ?

— Bien sûr que non, ce n'est pas mon genre.

Il pose un silence entre nous puis :

— Tu sais, Madeleine et moi, on se doutait que quelque chose n'allait plus entre vous, je te l'avais dit la dernière fois que nous sommes allés nous balader sur la pointe du Moulinet, il était clair que Juliette traversait une crise existentielle. J'imagine que toi, le romancier habitué à te pencher sur les blessures, la souffrance des autres, tu t'en étais aperçu ?

J'acquiesce d'un clignement d'yeux, me laisse choir sur une chaise voisine.

— Evidemment. Pas besoin d'être écrivain pour s'apercevoir que la femme qu'on aime est en perdition.

Ma mère s'approche de moi, caresse ma nuque avec précaution, comme si j'étais malade ou convalescent, puis elle hasarde une explication :

— Elle n'a sans doute pas supporté de ne pas avoir d'enfants...

Je presse la main qui me console, y dépose un baiser, puis je me lève pour échapper à une tendresse qui risquerait de me briser, et je me mets à arpenter l'atelier, la tête penchée en avant pour éviter de heurter, piétiner les nombreuses toiles et bibelots étalés sur le sol. Car, curieusement, ordonné, méticuleux même dans tout ce qu'il entreprend ou a entrepris dans son existence, mon père revendique un certain désordre, je préciserai même un désordre certain, dans ce lieu où art et amateurisme s'efforcent de s'associer pour aboutir à une œuvre, fût-elle très modeste.

Madeleine et Paul me regardent déambuler à la dérobée, guettant un signe, une réponse qui tardent. Je confirme alors leur analyse tout en la relativisant :

— C'est vrai, il y a ce drame de la stérilité, mais il n'y a pas que lui. Bien d'autres paramètres appartiennent à notre vie intime, et vous comprendrez que je ne désire pas en parler.

Ils opinent du chef d'un air coupable comme s'ils avaient commis une bévue, sinon une faute. Ils ne sont coupables de rien, sauf de m'aimer, de regretter ce qui arrive, tout ce gâchis.

— Elle reviendra peut-être, dit ma mère. Ce n'est peut-être qu'une erreur d'aiguillage de sa part, une décision prise un peu trop à la hâte ?

— Madeleine, intervient alors Paul, fiche la paix à ton fils. Il est assez grand pour décider de ce qu'il doit faire. – Il pivote vers moi. – Tout ce que je peux te dire, Romain, c'est que tu peux compter sur nous, et je veux te dire aussi que nous partageons d'autant plus ta peine que nous apprécions beaucoup Juliette. Nous étions convaincus que vous étiez faits l'un pour l'autre et que tu avais enfin trouvé ton alter ego.

— Eh bien, vous aviez tort.

J'ai cessé d'arpenter la pièce. Je me suis arrêté devant le chevalet sur lequel trône le portrait de ma mère. L'étonnement, l'admiration éclairent alors mon visage. Je me tourne vers mon père.

— Ça y est, tu l'as enfin terminé ?

Une lueur malicieuse parcourt son regard.

— Pourquoi dis-tu ça ?

— Les yeux, ce sont eux, tu as réussi les yeux, cette fois c'est vraiment maman ! Je vais finir par croire que tu te mésestimes, tu commences à affirmer un véritable talent !

Mon père me sourit avec une sorte de gravité.

— Oui, les yeux sont réussis, mais ce n'est pas moi qui les ai peints. C'est notre voisin, Roger Le Corre, le peintre et sculpteur dont je t'avais parlé. Ça ne lui a pris que quelques instants. Il a observé ta mère avec une intensité incroyable, puis il a déposé son âme sur le tableau.

Il marque une pause légère, reprend :

— Il a réussi ce tour de main avec une telle perfection que je me demande s'il ne serait pas amoureux de ma Madeleine ?

Ma mère s'est glissée près de son mari. Elle lui enserre la taille, lève les yeux vers lui avec un sourire émerveillé, baise son épaule, car il est beaucoup plus grand qu'elle, dit :

— Grand nigaud, même s'il était amoureux de moi, ce qui n'est sûrement pas le cas, ce serait sans aucune importance, car moi, c'est toi que j'ai choisi, et je te garde !

Ils rient, m'oublient, s'étreignent. Ils ne sont pas beaux, pas laids non plus, bien sûr, ils affichent même une plastique légèrement supérieure à la moyenne, mais ils ont surtout une richesse, une joliesse intérieure, l'intuition, le respect de l'autre. Un demi-siècle que cela dure. Seules leurs figures ont accepté des rides. Bien des couples fêtent des noces d'or, de diamant. Ils coulent des décennies ensemble, quelquefois par amour, quelquefois par peur du qu'en-dira-t-on, par masochisme parfois, par intérêt, par sécurité financière, souvent par paresse, par manque d'appétits sexuels ou, plus simplement encore, par manque d'imagination.

Madeleine et Paul sont différents. Ils construisent chaque heure ensemble, s'efforcent de la rendre plus attrayante que la précédente, luttent pied à pied contre la banalité des jours.

Leur amour est si grand que, enfant déjà, je rêvais de rencontrer le même. Alors je les regarde, je les contemple plutôt, et je suis content pour eux. Et j'ai mal, si mal. Juliette est partie.

Mon père s'est rendu compte le premier que leur tendre complicité me blessait en plein cœur. Il repousse alors avec douceur sa femme toujours agrippée à sa taille, vient vers moi, dit :

— Maintenant que tu es là, j'espère que tu restes avec nous pour dîner. Madeleine a préparé un lapin chasseur dont tu me donneras des nouvelles. Il n'attend que des convives de qualité pour être apprécié et dévoré avec la complicité d'un petit bourgogne digne de lui.

J'acquiesce d'un sourire. Sitôt après, l'escalier antique, un tantinet branlant, nous accueille, craque, gémit, proteste sous nos pas.

23

Un trimestre, puis deux se sont écoulés. Le printemps de cette année 2013 a redonné des couleurs tendres de cartes postales à l'estuaire de la Rance, à son barrage et à Saint-Malo. J'ai du mal à en profiter. Depuis six mois, j'hiberne. Je mesure mes gestes, espace mes promenades, observe les murs de mon appartement avec une fixité qui me sied bien. En vérité, je ne produis plus, je veux dire je n'aligne plus de phrases extraordinaires et définitives, destinées à émerveiller mes lecteurs. Je n'aligne pas non plus des phrases creuses, dénuées d'intérêt ou de sens, ce qui pourrait être le cas car, tout humour fumeux écarté, je n'ai, bien entendu, pas la prétention de me prendre pour l'un des incontournables écrivains de ce siècle naissant.

J'ai téléphoné à Jacques, mon éditeur, pour le prévenir que, à la suite d'ennuis personnels, j'avais besoin d'effectuer une pause pour reconstituer mes forces vives et souhaitais retarder d'un an le roman que j'avais en cours pour le compte de sa maison. Il a été ennuyé sur le moment, très compréhensif ensuite, avant de réagir en homme d'affaires avisé.

— Entendu, m'a-t-il dit, toutefois, afin que votre nom continue de circuler dans les médias et dans les librairies, je vais m'attacher à lancer des rééditions en poche et en clubs de ceux de vos ouvrages précédents qui ont connu les faveurs du public. Et dès que vous serez prêt, ce que je souhaite le plus tôt possible, nous sortirons votre nouveauté.

Je n'ai, bien entendu, pas manqué de le remercier pour ses bontés et sa perspicacité puis, profitant de cette aubaine, je me suis pelotonné dans une coupable oisiveté.

J'ai déserté mon bureau, n'accordant un regard à mon ordinateur que pour y consulter mes mails. J'ai multiplié les petits salons littéraires afin de rencontrer des confrères, afin surtout de meubler mon atroce solitude. Nombre de lecteurs déçus m'ont questionné, en balayant du regard mes ouvrages étalés sur la table, formulant pour la plupart le même reproche :

« Vous n'avez pas de nouveauté ? C'est dommage, j'ai tous vos autres livres et je suis venu exprès pour vous ! »

A même question, même réponse mensongère :

« Le prochain est en cours, mais c'est une histoire complexe nécessitant un vaste travail de recherche. J'ai besoin de temps. Cela dit, ne vous inquiétez pas, la presse le signalera lors de sa sortie. »

Entre deux séances de dédicaces, les semaines continuent de s'égrener, lentes, monotones. Je me suis obligé à reprendre de longues marches dans ma belle cité corsaire. Belle, c'est incontestable. Toutefois, je ne la vois plus. Mes yeux sont habités par l'image de Juliette. Comme ils le sont le jour, la nuit. Elle me fixe d'un œil énigmatique. A quoi pense-t-elle ? Que fait-elle ? A-t-elle un amant ? M'a-t-elle définitivement oublié ? Sait-elle que je ne suis plus un homme mais un ectoplasme, un électron égaré dans le Grand Tout ?

Six mois, davantage, sans la voir. C'en est trop. Je ne peux plus lutter. Il faut que j'aille passer quelques jours à Dinan. Il faut que je voie Juliette. Il faut que je sache ce qu'elle est devenue. Je ne manifesterai pas ma présence. Je me musserai comme un voleur, jouerai les détectives privés, m'enivrerai de sa présence, même si elle doit rester lointaine. Oui, il faut que je la voie, sinon, je le sais, je le sens, je vais devenir fou !

Un mois de mai pas tout à fait comme les autres. J'ai délaissé provisoirement mon chez-moi transformé en tanière où, Jeanne, ma femme de ménage ayant quitté mon service pour cause de déménagement, tout ménage, tout entretien se trouvant ainsi aboli, je m'étais enlisé avec un incontestable masochisme dans une totale inertie. Et je suis parti à Dinan.

Pas n'importe où. Pas n'importe comment. Je ne tiens pas à ce que Juliette m'aperçoive, me reconnaisse. Sauf à la limite par hasard, au détour d'une rue, j'ai bien le droit quand même de me promener à Dinan.

J'ai donc vendu ma voiture, en ai acheté une autre, une Clio grise, couleur banale par excellence, qui ne risquerait pas d'attirer son attention si elle la voyait trop souvent dans son quartier ou devant le pas de sa porte. J'ai troqué mes vêtements habituels pour d'autres plus passe-partout, puis j'ai loué une chambre, pour une semaine, à la Duchesse Anne, restaurant-hôtel de la place Du Guesclin situé à une encablure environ de son appartement et à deux pas de la rue de Léhon et du collège Roger-Vercel.

Et, fin limier, du moins je l'espère, j'ai commencé à l'épier. Elle avait emporté avec elle son emploi du temps quand elle m'avait quitté, et je n'avais pas eu le loisir d'enregistrer ses horaires. Dès sept heures du matin, le premier jour, je me suis donc glissé dans ma voiture garée dans le parking de la place du Champ campé en face de son immeuble, ce qui me permettait d'en surveiller l'entrée et de noter les allées et venues de ses occupants.

Bien m'en a pris. A huit heures trente, Juliette a franchi le seuil et s'est éloignée à pied, une sacoche en bandoulière, contenant sans doute ses documents. Je me suis recroquevillé sur mon siège, de crainte d'être découvert, puis, lorsqu'elle s'est engagée sur la place Du Guesclin, je suis sorti de ma Clio pour la suivre.

Je me tiens à une trentaine de mètres d'elle à présent, front baissé, chapeau de feutre enfoncé sur la tête, nez enfoui dans une large écharpe laissant supposer que le quidam qui la porte souffre d'un gros rhume. Seuls mes yeux, masqués par des lunettes de soleil susceptibles d'intriguer les passants en ce jour de pluie, émergent de ce blockhaus de tissu, fixent la femme devant moi.

Et tout mon être chavire. Elle est là, fine, liane. Un imperméable et une capuche la protègent des averses et m'empêchent de voir comment elle est vêtue. Mais, c'est elle, c'est bien elle. Je la reconnaîtrais à sa démarche, à la fois gracieuse et altière, même si elle était affublée d'un sac en toile de jute !

Un instant plus tard, elle arrive devant le collège, salue rapidement quelques professeurs et des élèves avant de s'engouffrer sous le porche d'entrée.

Je me suis arrêté. Je connais plusieurs de ses collègues, certains ont eu l'occasion de parfois partager nos agapes à Saint-Malo, à Dinan et ailleurs, et je ne tiens pas à ce qu'ils me découvrent.

Le calme est revenu devant le collège. Je sors un petit carnet de ma poche, l'ouvre à la première page, inscris : Lundi : 9 heures.

Il est neuf heures en effet. Je noterai ensuite l'heure de sa sortie ou de son retour chez elle, ce soir ou en fin d'après-midi. Jour après jour, durant toute la semaine, je m'efforcerai d'établir son emploi du temps. Son emploi du temps et le reste. Je ferai le compte de ses relations, de ses amis. De ses amants.

De ses amants ! C'est vrai ! Incroyable ! Cette idée m'effleure à nouveau ! Voilà des mois qu'elle m'a quitté, peut-être a-t-elle refait sa vie ?

Une souffrance intolérable s'empare alors de moi. J'étais malheureux, déconnecté, me voilà jaloux. Jaloux, moi ! ? Que m'arrive-t-il ? J'ai quarante et un ans et je me comporte comme un ado pleurant ses amours mortes, convaincu que son existence est derrière lui !

Pauvre type qui prétend analyser, juger, encenser, accuser, fouiller, traquer l'âme, la conscience d'autrui dans d'insipides romans, et qui n'est pas fichu de gérer ses problèmes personnels. Vanité des vanités. Je deviens fou, voilà tout.

Je remise le carnet dans ma poche. La pluie a cessé, j'ôte mes lunettes de soleil, mon écharpe. Je vais aller boire un café dans un bistrot de la rue Sainte-Claire, puis je reviendrai surveiller la sortie du collège, à chaque heure, jusqu'à ce que Juliette en ressorte. Pas à pied, cette fois, je risquerais d'intriguer, mais tapi dans ma voiture.

J'ai acheté *Le Petit Bleu*, hebdomadaire couvrant l'arrondissement de Dinan, *Ouest-France* et *Le Monde*. J'ai parcouru les nouvelles locales, me suis attardé sur les faits de société, la politique, certains travaux en cours intéressant la région, afin de meubler mon esprit. Entre deux passages devant le lycée, j'ai vagué dans la ville, prenant garde de ne pas croiser des gens me connaissant, ce qui n'est pas aisé lorsqu'on est un écrivain bénéficiant des feux de la presse écrite et télévisuelle.

Puis, à seize heures dix, Juliette est apparue. Elle a marqué une hésitation sur le trottoir avant de tracer son chemin. Elle est passée devant ma Clio sans me remarquer, car j'avais enfoui mon visage derrière *Le Petit Bleu* que je faisais semblant de lire. J'ai quitté mon siège quand elle a été suffisamment loin, puis je l'ai suivie.

Une fois encore, j'ai admiré sa démarche, regrettant de ne pas pouvoir m'abreuver à l'onde de ses yeux, de ne pas déposer mes lèvres sur le délicat ourlet de sa bouche, de ne pas la serrer dans mes bras en lui disant des mots simples et précieux.

Elle est rentrée chez elle. Elle a refermé la porte, a ouvert en grand l'une des fenêtres de son appartement donnant sur la place, laissant ainsi supposer qu'elle n'entendait pas ressortir dans l'immédiat. J'ai tourné les talons, écrit : Lundi 16 heures, fin des cours, sur mon carnet, puis je suis retourné chercher ma voiture, que j'ai ensuite garée dans le parking en face de chez elle.

Je suis demeuré là jusqu'au soir. A vingt heures, j'ai commandé un frugal dîner dans ma chambre, craignant une rencontre importune dans la salle de restaurant.

Quand je suis revenu devant chez elle, on devinait de la lumière à travers les fentes de ses volets fermés. La nuit étant tombée, j'en ai profité pour déambuler un peu, après une longue journée où j'avais dû rester souvent immobile à guetter ma proie. Pas un quidam dans les rues, pas un chat hurlant en quête d'une compagne d'un moment. Dinan est décidément une ville calme, du moins en dehors de la saison touristique.

Tout en arpentant le trottoir, une question me tarabuste. A plusieurs reprises, j'ai vu des gens pousser la porte de l'immeuble, des femmes, des hommes, des enfants. Quelqu'un est-il entré chez elle ? Je l'ignore.

Peut-être en saurai-je plus demain ? La fraîcheur commence à s'insinuer sous ma veste. Je consulte ma montre : vingt-trois heures. Il est temps d'aller me coucher si je veux être de retour aux aurores. Je dois repasser devant chez elle pour regagner mon hôtel. Je ralentis le pas sous ses fenêtres. Elle doit dormir. Aucune lumière, cette fois, ne filtre par les fentes des volets.

Elle est là, je suis là. Je n'ai pas pu voir son visage. Peut-être aurai-je plus de chance demain ? Je vois mal comment sans risquer d'être démasqué.

Mardi, début des cours : 10 heures. Sortie du collège : 17 h 40. Elle est rentrée directement chez elle après avoir bavardé quelques minutes sur le trottoir avec ce que je suppose être un collègue. Elle est réapparue devant sa porte dix minutes plus tard chargée de cabas, et elle est montée dans sa voiture garée à une dizaine de mètres de la mienne. Pensant qu'elle s'en allait faire des courses, j'ai décidé de la suivre. Bien m'en a pris.

J'ai tout de suite su en la voyant choisir une direction que je connaissais bien pour l'avoir souvent prise avec elle qu'elle se rendait à l'Intermarché, en périphérie de Dinan.

J'ai siffloté de contentement. Bientôt, profitant des recoins du magasin et du flux des clients, je pourrai enfin m'approcher suffisamment d'elle pour épier son visage.

Et c'est ce qui est arrivé. Juliette est une femme méthodique, organisée. Je ne l'ai jamais vue s'attarder longtemps dans une grande surface, même quand elle remplissait à ras bord son chariot. Une fois encore, il en a été ainsi. Conserves, surgelés, crémerie, légumes frais, fruits, tout a été très vite. Elle a en revanche choisi sa viande avec soin, comme si sa vie en dépendait. Et c'est là que, enfin, masqué par une tête de gondole, j'ai pu observer sa figure d'assez près. Et j'ai subi un choc. Ce n'est pas, ce n'est plus Juliette qui se dresse devant moi, mais une inconnue aux traits tirés, émaciés, tristes, si tristes. Seuls, les yeux d'une intacte splendeur et la cascade soyeuse de ses cheveux blonds confirment qu'il s'agit bien d'elle. J'étudie avec attention sa silhouette. Un pantalon cache ses jambes, mais je suis certain qu'elles ont maigri. La jeune femme, méditant devant un rayon de boucherie, a perdu, à vue de nez, dix kilos en quelques mois !

Je respire avec difficulté, le cœur au bord des lèvres. J'ai envie d'aller vers elle, de la prendre dans mes bras, de lui dire : je suis là, je sens que tu es mal, je vais t'aider !

Je fais l'inverse. Je tourne les talons, je fuis. Comment lui expliquer ma présence dans cet hypermarché de Dinan ? Comment lui avouer que, depuis deux jours, je surveille tous ses faits et gestes, campant dans ma voiture des heures durant ? Elle en déduirait que je suis maboul, et elle aurait raison !

La honte m'étreint tout à coup. Mon comportement est indigne. Elle m'a quitté, ne veut plus me voir. Je dois respecter sa décision. Je dois oublier. Me reconstruire.

Demain matin, je réglerai ma note d'hôtel et je rentrerai à Saint-Malo. Il est temps que je me remette au travail. Que j'affronte la grisaille des jours.

24

Je n'ai pas quitté Dinan comme je l'avais envisagé, me souvenant que Juliette s'était toujours arrangée avec l'administration et la direction de son établissement pour avoir une journée de congé le mercredi. Or, nous sommes mercredi. Je connais les habitudes de la jeune femme. Je sais que, ce jour-là, elle se lève plus tard, profite du reste de la matinée pour se consacrer à la préparation de ses cours et à des corrections de copies. Elle partage l'après-midi entre shopping, cinéma, promenade, excursion, visite d'exposition, de musée, selon la saison et le lieu. S'ajoutent à cela des escales pour bronzer sur la plage et se baigner, lorsque le temps le permet. Mais nous sommes à Dinan, un jour de mai frisquet, et cela limite son programme.

Je me suis retourné toute la nuit dans mon lit, stupéfait par mon comportement de potache immature, honteux même d'avoir fliqué celle que je ne peux m'empêcher d'aimer.

A midi, j'ai réglé ma note puis, après un déjeuner rapide, je me suis posté dans ma Clio toujours garée place du Champ à quelques dizaines de mètres de chez Juliette.

Vers quatorze heures, ma patience a enfin été récompensée. La jeune femme a traversé la place d'un pas rapide, s'est engouffrée dans sa voiture, puis elle a démarré. Je l'ai suivie à distance, laissant au moins un à deux véhicules entre nous pour ne pas me faire repérer. A ma grande surprise, nous sommes sortis de la ville, direction Dinard-Saint-Malo.

Juliette arpente à présent la rue Levavasseur, une des rues les plus commerçantes de Dinard. Elle pénètre bientôt dans la librairie Nouvelles Impressions, réputée pour être bien fournie. Un soupir de soulagement file entre mes lèvres. La chance est avec moi. Quoi de plus naturel qu'un écrivain dans un lieu où le livre est roi ?

J'entre. Ça ne s'invente pas : arrêtée devant le rayon romans, Juliette feuillette l'un de mes ouvrages, paru depuis une semaine en collection poche !

— Bonjour, monsieur Le Garrec.

— Bonjour, monsieur de La Fournière.

Juliette sursaute en entendant mon nom, se retourne, ébahie, me regarde serrer la main du libraire qui m'a interpellé.

— Bientôt une nouveauté ? reprend le libraire.

Je souris.

— Pas dans l'immédiat. Mais je vous vois venir. Dès que celle-ci sera dans les bacs, je vous ferai signe pour une séance de dédicaces. Mais, excusez-moi, je dois saluer une amie.

Je lui indique d'un signe du menton Juliette, pétrifiée, qui continue de me fixer, mon poche à la main.

Puis, d'un pas que je veux décontracté et assuré, je m'approche d'elle.

— Bonjour, Juliette.

— Bonjour, Romain.

Nous hésitons. Je l'embrasse finalement sur la joue. Une bouche glacée vient à ma rencontre, m'offre en retour un baiser. Nous nous regardons encore. Nos yeux ne peuvent se décider à rompre le fil ténu qui les relie. Cette fois, je peux vraiment fouiller, analyser, détailler le visage, les traits de la femme devant moi. C'est celui d'un être en souffrance, d'une souffrance qui me perce le cœur. Juliette a maigri, oui, elle a perdu en effet pas loin de dix kilos, mais, comme je l'avais remarqué dans l'Intermarché de Dinan, elle a surtout vieilli de dix ans !

C'est elle pourtant qui s'enquiert de ma santé.

— Tu vas bien ?

— Oui, je crois.

— Tu sembles pourtant fatigué.

Je prends le parti de mentir, moi qui n'ai pas accouché d'une ligne depuis des mois.

— Je suis en train d'écrire un roman qui me pose des problèmes. Je ne parviens pas à trouver le ton juste.

Elle acquiesce d'un pensif hochement de tête, remet en place le poche sur sa pile. Elle hésite, je sens qu'elle cherche un prétexte pour s'en aller.

Je m'empresse de relancer la conversation :

— Toi aussi, tu sembles fatiguée, pire que ça, angoissée. Je me trompe ?

Sa figure se contracte, elle détourne le regard.

— C'est vrai. J'ai des raisons. Ma mère est morte il y a une quinzaine de jours.

— Pardon, je suis confus. Toutes mes condoléances.

— Tu ne pouvais pas deviner.

Je presse son bras avec douceur. Elle tourne vers moi une tête de vieille petite fille. J'ai un instant l'impression qu'elle va d'un seul coup s'effondrer contre ma poitrine. Elle résiste, dit :

— J'étouffe ici, excuse-moi, il faut que je sorte.

— Moi aussi, j'étouffe. Si tu as un moment, je t'invite à prendre un thé ou autre chose dans un bar ? Tu me raconteras pour ta mère ?

Elle hésite, finit par me dire oui d'un clignement des paupières.

Nous quittons la librairie, descendons ensemble, en silence, la rue en direction de la place de la République toute proche. Le bar-brasserie L'Ecrin nous propose sa terrasse aux sièges et tables caressés par un frêle soleil de printemps. Nous nous asseyons. Juliette commande un thé, j'opte pour un café. Juliette a fermé les yeux. Le front renversé vers le ciel, elle savoure la douceur du jour. Je respecte son mutisme. C'est déjà incroyable qu'elle ait accepté de sacrifier un peu de son temps pour moi.

C'est elle, finalement, qui reprend la parole :

— Ma mère est morte à l'asile à la suite d'un infarctus. Juste avant de perdre définitivement conscience, elle a crié le prénom de mon père comme si, dans sa tête, tout s'était remis en ordre.

— Où est-elle enterrée ?

— Nulle part. Ni Dieu ni roi. Elle était athée, elle disait toujours que rien n'est plus triste qu'un cimetière et que, le moment venu, elle souhaitait être incinérée. Je conserve chez moi ses cendres dans une urne.

— Tu as revu ta sœur aux funérailles ?

— Non, je ne savais où la joindre. J'ignore même si elle est encore vivante.

Juliette porte à ses lèvres sa tasse de thé fumante, vide ce qui en restait, repousse sa chaise, se lève.

— Voilà, merci pour le pot, je te laisse.

Je me redresse d'un geste vif, m'étonne, déçu :

— Tu t'en vas déjà ?

— Oui, je suis venue ici pour voir la mer, c'est ce qui me manque le plus à Dinan.

— Je peux me promener un peu avec toi si tu veux ?

Elle m'adresse un petit sourire tragique :

— Romain, nous deux, c'est fini. Je croyais que tu l'avais compris. Ne pense plus à moi. Tu es jeune, tu as encore toutes les chances de rencontrer la perle rare, si tant est que tu en éprouves le besoin. En ce qui me concerne, je vis seule désormais, et je m'en trouve très bien. Je suis heureuse de t'avoir revu ; en même temps, j'espère que ça ne se reproduira plus.

Elle me fait un petit signe d'adieu de la main, conclut :

— Allez, bonne chance, et salut !

Puis, pour démontrer qu'elle est bien dans sa tête, droite sur ses jambes, la taille cambrée, les épaules tirées en arrière, à la façon d'un mannequin s'exhibant dans un défilé de mode, elle s'éloigne en direction de la plage toute proche. Incapable de réagir, de raisonner, je la regarde disparaître au bout de la place. Une phrase qu'elle a prononcée tout à l'heure : « Je vis seule désormais, et je m'en trouve très bien » tourne en boucle dans ma mémoire. Elle ment. Seule, peut-être, mais la Juliette, présente ici il y a un instant, souffre. De la mort de sa mère, même si elle n'allait plus la voir sous prétexte qu'elle ne la reconnaissait plus. De la mort de sa mère, parce que celle-ci a soudain appelé son mari avant de rendre son ultime soupir. De son incapacité à m'aimer alors que ses parents et les miens ont partagé et partagent encore, en ce qui concerne Madeleine et Paul, des moments inoubliables. De son incapacité à aimer d'autres hommes, puisque je n'ai observé durant ces trois jours de flicage de sa personne aucun signe d'une relation amoureuse avec quiconque.

Ce que j'ai remarqué, cela m'angoisse et cela me procurera sans doute encore bien des insomnies, c'est que lorsqu'elle est partie tout à l'heure, elle arborait, avec une sombre fierté, un visage de spectre s'apprêtant à regagner son tombeau.

25

Septembre 2013. J'ai enfin terminé mon roman en cours. Je l'ai apporté moi-même à Jacques Bourgouin, après en avoir écrit les derniers chapitres en août dans mon studio parisien. Le livre sortira en janvier.

Cela a été pour moi l'occasion de m'entretenir un long moment avec Judith, assistante et bras droit de Jacques, jeune femme discrète, attentionnée, efficace, passionnée par son métier, et mignonne de surcroît !

Comme chaque année, en cette période estivale, j'ai également eu le plaisir de recevoir plusieurs fois Aline et Pierre à dîner. Nous avons beaucoup évoqué Juliette. Ils ne se sont pas remis de notre séparation. Ils ne comprennent pas comment cela a pu arriver. Ils étaient convaincus que nous étions faits l'un pour l'autre. Ils ont réveillé en moi les délicieux souvenirs de notre séjour en Thaïlande, notre insouciance émerveillée d'un jeune couple en devenir. Je les ai laissés parler, ému par la chaleur des mots me contant les jours heureux.

Puis, un soir où nous prenions un digestif au café de Flore, en regardant déambuler les noctambules, ils m'ont annoncé que, comme chaque année, ils iraient bientôt passer quelques jours en Bretagne avant de regagner Bangkok.

— Nous en profiterons pour faire une halte à Dinan afin de prendre des nouvelles de Juliette, a dit Pierre. Nous viendrons te voir ensuite à Saint-Malo.

J'ai posé sur la table le verre de cognac que je venais de porter à mes lèvres.

— Je crois que vous allez être surpris.

— Qu'entends-tu par là ? s'est étonnée Aline.

— Je l'ai revue tout à fait par hasard dans une librairie de Dinard en mai. Elle a beaucoup changé.

Pierre m'a dévisagé en massant nerveusement de ses doigts les ailes de son nez.

— C'est-à-dire ?

J'ai plongé un regard navré dans les yeux d'Aline rivés sur moi.

— Elle a beaucoup maigri, beaucoup vieilli, j'ai même eu un moment d'hésitation avant de la reconnaître.

Les figures de mes amis se sont assombries. Un court silence s'est installé, brisé par la voix d'Aline :

— C'est bizarre ce que tu dis là, parce qu'on lui a téléphoné pour la prévenir qu'on passerait la voir. Elle semblait ravie, et surtout elle paraissait en pleine forme.

Une moue désabusée s'est invitée sur mes lèvres.

— Je vous dis la vérité. Cependant, lorsque je l'ai rencontrée, sa mère venait de succomber à un infarctus et l'un peut expliquer l'autre.

— Comment cela ? s'est enquis Pierre.

— Parce que, si ma mémoire ne me trahit pas, la mère de Juliette est morte une quinzaine de jours avant que je la revoie, et on ne perd pas dix kilos en si peu de temps.

Aline a haussé pensivement les sourcils, plissé les yeux, dit :

— C'est vrai. C'est curieux, j'ai toujours cru que notre Juliette était une femme forte, déterminée, capable d'affronter tous les obstacles. Je dois m'être trompée quelque part.

— Et moi aussi, a complété Pierre en emprisonnant dans l'une de ses impressionnantes mains un de mes bras posé sur la table. Dis-moi, Romain, à ton avis, que lui arrive-t-il ?

J'ai écrasé mes épaules contre le dossier de mon fauteuil, dégagé mon bras de l'emprise de la grosse patte de mon ami, rivé un instant mon regard aux lumières de la ville, avant de répondre :

— Ce qui lui arrive ? D'abord, l'aliénation puis la mort de sa mère, sa stérilité, notre séparation, même si c'est elle qui l'a voulue. D'autres milliers de petites choses sans doute, qui s'additionnent afin de mieux nous faire détester la vie. J'ai une opinion assez précise de ce qui lui arrive, mais je ne vous la confierai pas. Cela reste du domaine de l'intimité, du domaine du privé.

Le front penché au-dessus de sa tasse de thé, Aline m'écoutait avec attention, je dirais avec passion. Elle est demeurée silencieuse un moment, puis elle a demandé :

— Tu l'aimes encore ?

— Oui.

— Tu l'aimeras toujours ?

— Jusqu'à la fin des temps.

— Pourquoi ne vas-tu pas lui dire ?

— Parce que j'ai été jeté, parce que je suis orgueilleux, parce que cela ne servirait à rien, parce que je ne veux pas ajouter à son malheur.

Aline s'est levée. Elle a enveloppé mon cou de ses mains, attiré ma tête contre ses seins, s'est penchée vers moi, a déposé un baiser et une larme échappée de l'eau de ses yeux sur mon visage, puis elle m'a apostrophé :

— Romain, mon grand petit garçon, tu es à la fois un être merveilleux et un être nul, tu ne comprendras jamais rien aux femmes !

J'ai quitté la tiédeur maternelle des seins d'Aline, tourné mon regard vers elle, la remerciant d'un sourire pour toute cette spontanéité, toute cette affection, qu'elle affichait à mon égard.

— Merveilleux, j'en doute, nul, je confirme, mais surtout ne dites rien de mes sentiments à Juliette quand vous irez la voir. Ça ne concerne qu'elle et moi.

Pierre a opiné du chef.

— Il en sera ainsi, a-t-il dit d'une grosse voix émue d'homme des cavernes.

Je n'ai pu m'empêcher d'éclater de rire : tout est gros en lui, ses épaules, ses fesses, ses quatre mentons, sa lippe pantagruélique, ses yeux globuleux emplis de mille vies. Seule, une moustache récente que je découvrais pour la première fois, entretenue avec soin, semblable à deux virgules flânant sous son vaste nez, conférait ce jour-là un peu de légèreté à ce mastodonte, à ce géant.

De retour à Saint-Malo, boosté par mes fidèles amis, j'ai mis de l'ordre dans ma tête et dans mon appartement. J'ai également trouvé une employée de maison. Elle s'appelle Lisa. Proprette, petite, brune, mince, naviguant entre deux âges, mariée et mère de trois enfants, deux garçons et une fille, elle est l'honneur de sa profession. Depuis qu'elle sent chez moi, deux matinées par semaine, mon intérieur a repris son lustre d'antan. Je veux dire par là qu'il sent l'encaustique, le carrelage propre, et que pas un grain de poussière ne résiste à l'œil aguerri de ma reine du plumeau.

En outre, et ce n'est pas la moindre de ses qualités, Lisa me sourit toujours quand je la croise dans une pièce ou lorsqu'elle m'y rejoint pour y recevoir mes consignes ou me suggérer des innovations, ce que je lui accorde le plus souvent, car elle accomplit son travail avec célérité et talent.

Ce matin, son ouvrage terminé, elle vient comme à l'accoutumée toquer à la porte de mon bureau. Cette fois, au lieu de l'entrebâiller pour m'annoncer « J'ai fini, au revoir, monsieur », elle entre, se poste timidement au centre de la pièce et déclare :

— Voilà, comme vous êtes écrivain, j'ai voulu savoir ce que vous écriviez. J'ai acheté un de vos livres, je l'ai lu, et je voulais vous dire que je l'ai beaucoup aimé.

Je relève les yeux de la messagerie de mon ordinateur.

— Merci, Lisa – elle a insisté dès son entrée en fonction pour que je l'appelle par son prénom –, c'est très gentil de votre part, mais vous auriez dû me prévenir, je vous l'aurais prêté. De quel titre s'agit-il ?

— *Les Oubliés*. J'ai trouvé ça beau, poignant.

Elle baisse la tête, gênée par son audace, peut-être, avant de poursuivre :

— Vous savez, je ne lis pas, je n'ai pas le temps, pas le goût. Du moins, je croyais. Maintenant, si, vous m'avez donné l'envie de recommencer.

— Qu'est-ce qui vous a plu dans ce roman ?

Elle prend une inspiration, hésite, puis :

— Tout. L'atmosphère, les personnages. Quand vous parlez d'eux, j'ai l'impression que c'est de moi, de ma mère, de mes voisins, de nous que vous parlez. Vous savez donner de l'importance aux gens.

Je plonge un regard espiègle dans le sien.

— Flattez-moi encore !

Ses yeux s'écarquillent.

— Pardon ?

— Flattez-moi encore ! C'est ce que dit cette canaille de Louis de Funès à son valet Yves Montand, dans le film *La Folie des grandeurs* de Gérard Oury. Je plaisante, bien sûr, je veux seulement cacher mon plaisir d'apprendre que vous avez pris goût à la lecture grâce à moi. Vous n'imaginez pas le bien que vous me faites. Vous savez, l'écrivain est seul, isolé quand il écrit. Il est tenaillé en permanence par le doute concernant le choix de la trame romanesque, la qualité de l'écriture, la crainte de ne pas rencontrer un public. Voilà, chère Lisa, vous venez de me redonner de l'élan. Merci pour votre gentillesse.

Mon bras balaie les rayonnages de livres autour de moi :

— Si vous désirez lire encore certains de mes ouvrages, évitez de les acheter, je vous les prêterai. Mieux, je vous en offrirai certains que j'ai en double. Qu'en pensez-vous ?

Lisa sourit, surprise, confuse, ravie.

— Je ne voudrais pas abuser.

— Vous n'abusez pas puisque je vous le propose.

Je déserte mon siège, choisis dans la bibliothèque trois titres que je possède en plusieurs exemplaires, les lui tends.

— Voilà, ils sont à vous.

Des joues rosissent devant moi, des yeux luttent pour masquer l'émotion qui les gagne, des mains s'ouvrent pour recevoir l'inattendu cadeau.

— Merci, monsieur, c'est trop gentil.

— Ce n'est pas gentil. Vous me secourez au moment où j'en ai le plus besoin. C'est moi qui vous remercie. Et puis, vous le méritez, vous travaillez à la perfection.

26

Aline m'a téléphoné. Pierre et elle sont allés chez Juliette. Elle était amaigrie, certes, vieillie aussi, mais ils ont mis ça sur le compte du décès qui venait de la toucher. Une étape difficile à traverser, leur a déclaré la jeune femme, cela ira mieux après. Aline et Pierre l'ont crue. Pourquoi mentirait-elle ? Ils l'ont d'autant crue qu'elle leur a confié, hérédité fait loi, qu'elle était hantée par l'idée de finir comme sa mère. Elle leur a parlé aussi de notre brève rencontre à Dinard, a affirmé qu'elle m'avait trouvé en forme. En pleine forme même, avant de conclure que tout allait bien, que notre séparation s'était déroulée sans heurts, et qu'elle n'était pas inquiète pour moi. J'étais jeune, j'avais des ressources, je saurais refaire ma vie. Ce qu'elle souhaitait ardemment. Car elle ne m'aimait plus, mais elle m'avait beaucoup aimé. Et elle ne désirait que mon bonheur.

Puis, ravie de m'avoir annoncé toutes ces bonnes nouvelles, Aline a conclu notre conversation en me prévenant que Pierre et elle n'auraient pas hélas l'occasion et le plaisir de passer me voir à Saint-Malo, en raison d'un emploi du temps qui se compliquait par la faute d'un million de gens espérant les inviter à tout prix avant qu'ils ne s'éclipsent vers le soleil thaïlandais et les langueurs océanes !

J'ai remercié Aline. Je lui ai dit d'embrasser Pierre. Je lui ai dit qu'ils me manquaient. Je lui ai dit que je les aimais, qu'ils étaient ma soif et mon sang. Je lui ai dit que je leur souhaitais mille bonnes chances, mille félicités, car la vie est un long traquenard entrecoupé de plages de rêves et d'émerveillements. Je lui ai dit que j'irais peut-être les voir bientôt en Thaïlande si mes contraintes professionnelles me le permettaient.

Je ne lui ai pas dit que Juliette ne leur avait pas tout dit. Je connais Juliette. Son incroyable charme. Sa sincérité. Ses abysses. Ses angoisses. Ses secrets.

Je lui ai dit tout ce que j'ai dit. Puis j'ai raccroché.

Pour la première fois depuis longtemps, je me suis senti bien. En équilibre dans mon écorce corporelle. Dans ma peau.

J'ai su alors que mon existence allait retrouver un cours normal. Le fleuve qui hantait mes jours et mes nuits allait cesser de déborder. Et c'était vrai. Juliette est toujours blottie en moi. Elle surgit à chaque instant, à chaque seconde. Mais ce n'est plus une souffrance. Plus le désir inavouable que tout cesse, que tout s'assoupisse, que tout s'éteigne, une bonne fois pour toutes. Désormais je sais qui est Juliette. J'attends.

Les mois se sont succédé. J'ai multiplié les salons du livre, les dédicaces en librairie à la rencontre de mes lecteurs. Beaucoup d'écrivains répugnent à ce qu'ils considèrent comme une incontournable corvée. Il est vrai que nombre d'entre eux, et pas les moins talentueux, pas les moins couronnés par la presse parisienne, observent le flux des lecteurs potentiels passer devant eux sans s'arrêter pour se regrouper et faire la queue devant des stands voisins où un acteur de cinéma, un chanteur, un homme politique en vogue, un amuseur public détenant le pouvoir sur une grande chaîne de télévision ou ailleurs, signent. Et Dieu sait si je les comprends. A quoi bon s'efforcer de viser la qualité, les sommets de l'art littéraire quand seuls sont récompensés, couverts de lauriers, les people, les auteurs d'un seul livre, la plupart du temps une autobiographie, dont bien souvent ils n'ont pas tracé la première ligne, car ils en seraient incapables. Et pourtant, en ce qui me concerne, j'aime ces rendez-vous avec le public. Celui-ci est ma moelle épinière, ma drogue, mon miroir. Il me renvoie une image rassurante de mon œuvre, puisqu'il s'attarde devant moi, non pas parce que j'exalte mon nombril mais, comme me l'a confié Lisa, parce que j'évoque le sien.

Une anecdote, parmi tant d'autres, éclaire les rapports surprenants, émouvants qui s'établissent entre des écrivains et leurs lecteurs. C'était le mois dernier au salon du livre du Mans. Il était assez tard, les portes allaient bientôt se fermer et, avec le soir, la foule s'était considérablement éclaircie. Un homme et une femme se sont arrêtés devant mon stand.

— Bonsoir, monsieur Le Garrec, m'a dit la femme, nous venons de la part de ma mère acheter votre dernier livre. Bien entendu, nous le lisons toujours avant de le lui donner.

J'ai levé vers eux un œil étonné. Le couple très distingué, campé devant moi, était de toute évidence à la retraite depuis longtemps.

— Pardon, chère madame, serait-il indiscret de vous demander votre âge ?

Un sourire amusé a accompagné sa réponse :

— Certes non, j'ai quatre-vingt-deux ans et mon mari un an de plus que moi !

— Mais alors, votre mère ?

— Cent trois ans.

— Cent trois ans, et elle me lit encore ?

L'époux a souri.

— Oui, et chaque jour.

Ils ont remarqué l'incrédulité inscrite sur mon visage.

— C'est vrai, m'a rassuré la dame, ma mère est très âgée, mais elle loge avec nous dans notre villa. Il est exclu pour nous de l'enfermer dans un mouroir comme les maisons de retraite. Et je peux vous certifier qu'elle est en pleine forme.

— Quel est son prénom pour la dédicace, et aussi, quel est le secret de sa longévité ?

Un autre sourire, bonhomme, a éclairé la figure du mari.

— Le secret de sa longévité est simple. On lui pose souvent la question, et voici sa réponse : Vingt pages d'un roman de Romain Le Garrec chaque matin, une cigarette, un verre de whisky par jour, et surtout pas de médecin !

Je n'ai pu m'empêcher d'éclater d'un rire marquant ma joie d'être ainsi honoré.

— Dites donc, votre mère a un sacré tempérament !

— Si vous saviez, a complété sa fille, mais heureusement que nous sommes là, car elle commence à perdre sérieusement la mémoire, et dès que quelqu'un vient la voir elle lui propose un whisky ! Vous imaginez le résultat si nous n'étions pas près d'elle. Quant à vos livres, c'est vrai, elle en lit vingt pages chaque matin, et relit les mêmes le lendemain parce qu'elle ne s'en souvient plus !

— Cette histoire est à la fois pittoresque et touchante. Dommage que votre mère soit si âgée, j'aurais aimé la rencontrer.

La dame a acquiescé d'un signe mélancolique de la tête.

— Elle en aurait sûrement été ravie mais elle ne peut vraiment plus se déplacer, surtout dans un tel lieu où il y a de la foule.

— Tout en vous écoutant, j'ai composé ma dédicace. Me permettez-vous de la terminer en écrivant : avec une grosse bise de Romain Le Garrec ? Compte tenu de son âge, nul ne pensera que j'aie des pensées coupables et que je cherche à la séduire !

Les deux visages se sont épanouis.

— N'hésitez pas, a conclu la dame, rien ne lui fera plus plaisir ! Elle vous aime vraiment beaucoup, vous savez. Et nous aussi !

Signature, un samedi matin, dans une librairie intramuros de Saint-Malo. Midi approche. Le libraire est satisfait. Malgré la crise, malgré une météo peu propice – dehors il pleut à torrents –, plusieurs lecteurs ont répondu présent et sont venus saluer le régional de l'étape, c'est-à-dire moi, et lui ont acheté un ou plusieurs livres.

Je m'apprête à me lever quand soudain la cloche du magasin tintinnabule. Un client entre, vient vers moi, me tend la main au-dessus de mes ouvrages :

— Bonjour, Romain.

— Bonjour, Jean.

Jean est l'un de mes plus fidèles lecteurs. Il a acheté mon premier roman dès sa parution, et depuis il ne m'a plus quitté. A tort ou à raison, il apprécie ce que j'écris, et je ne serai pas hypocrite, j'en suis ravi. Il nous arrive de nous croiser en ville, de nous arrêter pour discuter de littérature et d'autre chose, de partager un pot à une terrasse de café lorsque le temps s'y prête. Pompier à la retraite, il s'occupe de diverses associations culturelles, a créé dans un village voisin un petit salon du livre réputé où des auteurs locaux et quelques locomotives se pressent, et où il m'a invité à plusieurs reprises. Désormais, nous nous tutoyons, et même si nous nous fréquentons peu en raison des trépidations de la vie, je pense avoir le droit d'affirmer qu'il faudrait peu de choses pour que nous devenions de véritables amis.

Je lui adresse un sourire, remarque :

— Jocelyne et Natacha ne sont pas avec toi ?

Jocelyne, c'est sa femme, Natacha, sa fille. Mariée, mère de deux jeunes garçons, heureuse d'exister. Une de mes grandes lectrices. Dès qu'un de mes livres paraît, elle se précipite pour l'acheter en compagnie de ses parents. Ils en prennent chacun un afin de ne pas avoir à en venir aux mains pour savoir qui le lira le premier !

Ma question, pourtant banale, semble avoir atteint Jean en plein cœur. Sa figure est empreinte d'une tristesse, je dirai, en analysant plus avant, d'une souffrance infinie.

— Jocelyne est absente pour quelques jours, quant à Natacha, tu ne la verras pas. Elle a eu un accident de voiture.

— Pas grave, j'espère ?

— Si. Elle allait à Rennes chez des amis avec les enfants. Elle a eu un malaise, s'est évanouie au volant. Son auto a quitté la route, effectué plusieurs tonneaux avant de s'immobiliser dans un champ de blé.

— Mon Dieu ! Et les petits, et Natacha ?

— Les petits étaient à l'arrière, ils s'en sont sortis avec quelques ecchymoses. Quant à Natacha, quand les secours sont arrivés, elle était morte.

— Morte ! ?

J'ai crié. Du moins, j'ai étouffé ce cri, mais dans la librairie tout le monde a entendu.

— Non. Trois quarts d'heure après l'accident, les pompiers ont réussi à la réanimer. Ils l'ont conduite d'urgence à Rennes où les médecins lui ont sondé l'estomac, l'ont mise sous respirateur et sous perfusion.

— Et maintenant ?

— Elle est dans le coma. Un coma prolongé, dont elle ne sortira probablement jamais. Elle mène une vie végétative…

Je soupire fort, longtemps, fixe sans la voir la vitrine du magasin annonçant ma signature et assurant, pour le reste, la promotion des parutions récentes de chez Gallimard. Trois quarts d'heure tournent dans ma tête. Trois quarts d'heure. Ils n'auraient pas dû la réveiller. C'est trop tard. C'est, en cas de réveil, la certitude de séquelles irréversibles. Je me garde bien de donner mon point de vue à Jean. D'autant que je ne suis pas médecin, et que je me trompe peut-être. Pauvre petite Natacha ! Pauvres gosses ! Pauvre mari ! Pauvres parents !

— Je suis de tout cœur avec toi.

C'est tout ce que j'ai trouvé à dire. Jean n'en attend pas davantage. Son malheur est trop grand.

— Je vais te prendre deux livres, dit-il.

— Oui, pour qui ?

— Comme d'habitude. Un pour Jocelyne et moi, l'autre pour Natacha.

Je ne peux m'empêcher de marquer ma surprise :

— Pour Natacha ?

— Oui. Je vais la voir tous les jours. Tous les jours, pendant une heure, je lui parle de ses enfants, de son mari, de nous, de toi dont elle aime tant l'œuvre. Et tous les jours, depuis un mois, je lui lis des extraits de tes romans, parmi ceux qu'elle a le plus aimés. Et je guette sur son visage une réaction, un signe qui pourrait laisser espérer qu'elle m'entend, qu'elle va ouvrir un œil, se réveiller en se souvenant des belles choses de ce monde. Les miracles existent, n'est-ce pas ?

— Jean !

Les mots se bloquent dans ma gorge. Je me lève, contourne ma table, m'approche de mon ami pour l'étreindre. Il me répond par une tape fraternelle dans la nuque, me repousse légèrement, pudique me rappelle à mes devoirs.

— Tu penses à mes dédicaces. Pour nous, écris seulement pour Jocelyne et Jean et signe. Pour Natacha, applique-toi – son visage se crispe, il lutte pour ne pas exploser en sanglots –, creuse-toi la tête, je tiens à ce qu'elle soit contente !

27

Ainsi, peu à peu, grâce à toutes ces rencontres privilégiées, grâce à tous ces lecteurs qui me confient des parcelles de leurs vies, grâce à de fidèles amis qui me soutiennent, grâce à tous ces gens qui, pudiques, taisent leurs chagrins et leurs peines, grâce à des anonymes que je croise et qui semblent porter en eux toutes les joies d'exister, tout l'optimisme du monde, grâce aussi, sans doute au temps qui passe, je commence à émerger de ma souffrance.

Ma décision est prise. Je pense toujours à Juliette, bien sûr, mais je dois me remettre à vivre. Je dois surtout me remettre à écrire, à respecter mes engagements, à construire une œuvre, dont je n'aurai pas trop honte lorsque viendra l'heure des bilans.

Enfermé dans mon bureau, un stylo à la main, je décide de jeter des idées de roman sur une feuille de papier posée devant moi. Plus facile à dire qu'à faire. Que je le veuille ou non, ma tête est vide, désespérément vide. Aucun déclic, aucun synopsis, un tantinet original, ne me saute à l'esprit. Je sais que ma démarche, consistant à m'installer devant mon bureau, ne donnera aucun résultat. L'origine de tous mes romans est due au hasard : hasard d'une rencontre, hasard d'une lecture. Hasard qui, parfois, fait si bien les choses.

Mes yeux errent dans la pièce, s'attardent sur les moulures du plafond, les voilages des fenêtres, les rideaux, les livres rangés par ordre alphabétique et par genre ; l'histoire, sur le mur en face de moi, essais et fictions de chaque côté, divers et dictionnaires de toutes sortes, récents et anciens derrière moi.

Puis j'éclate de rire. Rire chargé de dérision. J'ai trouvé mon sujet. Un sujet original, qui devrait me valoir au bas mot le million d'exemplaires vendus et la reconnaissance éternelle de mon éditeur !

Synopsis : d'immenses vignobles dans le Bordelais. Château transmis depuis des siècles, de génération en génération. Dans ce château, une châtelaine, jeune encore, pas trop défraîchie, qui se languit. Un mari infidèle, dur avec son personnel, dirigeant son entreprise – restons dans les clichés – d'une main de fer. Un fils, débile à la naissance, que l'on camoufle dans les combles parce qu'on en a honte ; un autre fils, plutôt beau, plutôt intelligent, désœuvré, brûlant avec les femmes et au jeu la fortune de la famille, dès que le père a le dos tourné. Un amant pour distraire l'oisiveté de la maîtresse de maison qui, décidément, s'ennuie beaucoup. Reste à glisser dans ce décor un petit meurtre pour égayer le tout !

Voilà, j'ai mon sujet, il suffit de le développer !

Je contemple avec curiosité ces quelques lignes représentant tout ce que j'exècre en littérature, et qui pourtant fonctionne assez bien auprès d'un certain public adepte de revues, dont je tairai le nom, et du feuilleton *Les Feux de l'amour*. Littérature est d'ailleurs un terme inexact. Torchon serait plus approprié. Mais à quoi bon disserter ou m'appesantir sur l'ineptie de ce synopsis, d'une platitude extrême, que je n'aurais de toute façon jamais écrit.

Je roule en boule la feuille de papier, vise la corbeille. Raté ! Je ne serai jamais un grand basketteur. Je me lève, me dirige vers la croisée. Un ciel de traîne couvre la ville. La mer est calme, grise. Je vais aller marcher, user mes semelles, remplir mes poumons d'iode, et mes yeux d'une diffuse clarté. A chaque pas, je penserai à Juliette. Mais je n'ai plus mal. Elle est là, simplement. Elle m'accompagne, mais elle ne m'empêche plus d'être. Ma tête est vide, c'est vrai. Je n'accomplis que les inévitables tâches quotidiennes. Je sens pourtant qu'une étincelle n'est pas loin, qu'un sujet de roman va éclore, me tarabuster, persécuter mes jours et mes nuits, jusqu'à ce qu'il soit écrit, terminé. Je sens que l'écrivain lutte pour se réveiller, et que cela ne va plus tarder. Il ne lui reste plus, pour qu'il retrouve enfin la félicité, qu'à dénicher un vrai sujet ! Apre et fascinant combat !

— Romain ! Ça alors !

Je lève les yeux. Une femme d'une quarantaine d'années me sourit avec une sorte de naïf émerveillement.

— Sophie ! Comme tu dis : ça alors !

— Comment es-tu arrivé ici ?

— Par le cheminement habituel de l'écrivain. Mon attachée de presse m'a vanté les bienfaits de ce petit salon, m'assurant que le public et un accueil chaleureux seraient au rendez-vous. Elle m'a précisé que ce n'était qu'à cent soixante kilomètres de Saint-Malo où je réside, et comme il se situe en novembre en dehors des grandes manifestations littéraires, me voici.

— Quand même, Cheux, il fallait y penser !

— En effet. Tu sais, je suis célibataire, je quitte facilement mon domicile le week-end pour meubler ma solitude. Néanmoins, j'avoue que lorsque j'ai garé ma voiture dans le parking de la salle des fêtes ce matin, juste avant l'ouverture, j'ai jeté un œil autour de moi, et, pensant au petit village endormi, paisible, que je venais de traverser, j'ai failli repartir, me demandant vraiment ce que je foutais là.

Sophie approuve d'un léger clignement de paupières, balaie la salle de la main.

— Et tu es resté, et le miracle s'est opéré. Ici, tu vas voir, c'est toujours noir de monde, le café littéraire fait salle comble et, avec la proximité des fêtes de fin d'année, le public vient pour acheter.

Tout en devisant, je me suis approché de Sophie, l'ai embrassée avec affection. Je lui ai ensuite désigné du doigt quelques personnes patientant devant mon stand avant de retourner m'asseoir.

— Pardonne-moi, le devoir m'appelle. Le salon ferme ses portes à dix-huit heures trente. Je serais heureux de passer quelques instants avec toi, et d'évoquer le bon vieux temps, si tu es disponible à cette heure-là.

La jeune femme sourit, secoue avec élégance la chevelure rousse qui s'épand sur ses épaules.

— Je serai là. J'ai la chance, moi aussi, d'être célibataire, et je n'ai pas de contraintes d'horaires.

— Tu es célibataire ?

— Divorcée depuis deux ans, heureuse de l'être enfin, sans enfants, et je suis en total devenir. Ah, une chose encore, je suis prof de lettres au lycée Charles-de-Gaulle à Caen.

Elle m'a lancé une œillade complice et tendre en me confiant cela avant de se fondre dans le flot des visiteurs. Je l'aperçois ensuite, stationnant quelques pas plus loin, devant un autre stand.

Je reprends mes dédicaces, l'esprit empli de Sophie. Le monde est décidément bien petit. Elle et moi, nous nous sommes connus en fac de lettres à Rennes où nous poursuivions, il y a maintenant près de vingt ans, les mêmes études et partagions une même passion pour le handball, que nous pratiquions à l'université.

Sportive, elle l'était. Elle me le démontra non seulement sur les terrains de hand, mais aussi au cours de quelques séances intimes, où aimables étreintes et furieuses cabrioles nous unirent pour notre plus grande joie. Cela ne dura toutefois qu'un temps assez bref. Nous nous aimions bien, mais nous ne nous aimions pas. Nos corps repus s'oublièrent bientôt, puisque nos cœurs ne s'étaient pas rencontrés. Et l'on resta bons amis jusqu'au moment où, avec le temps, les routes se séparent.

L'après-midi s'est écoulé agréablement, un public averti étant en effet présent, et l'accueil chaleureux. A dix-huit heures quinze, Sophie s'est enracinée devant mon stand. Un opulent chignon roux a succédé à la flamboyante et sauvage cascade de cheveux du matin, et elle a troqué son jean, son pull et son anorak pour une robe mauve, moulante qui, visible grâce à son manteau noir entrouvert, met en valeur le corps bien entretenu d'une femme flirtant hardiment avec les quarante ans.

Il n'est point besoin d'être subtil pour deviner qu'elle est venue dans l'espoir de me séduire, remettant ainsi au goût du jour les joyeux et insouciants souvenirs d'hier. Il n'est point besoin non plus d'être subtil pour prévoir ce qui va suivre, l'être humain étant par nature, surtout lorsqu'il est libre de toute contrainte, et qu'il a longtemps été à la diète, gourmand à souhait.

Une heure plus tard, nous sommes à Caen. Prétextant la nuit tombée, un brouillard naissant, les bistrots et les meilleures tables de la ville fermés un dimanche soir d'automne, Sophie m'a proposé d'aller sabrer le champagne chez elle. Nous garons nos voitures au pied d'une résidence de trois étages, dans une rue assez large et paisible.

— J'habite ici, me dit Sophie en m'indiquant le petit immeuble d'un signe du menton.

Puis, pivotant sur elle-même, elle pointe un index vers un bâtiment se dressant à quelques pas de là.

— Et voici le lycée Charles-de-Gaulle où j'enseigne.

— C'est pratique. Je vois que tu as pensé à tout.

Elle sourit :

— C'est vrai que je m'arrange pour laisser dans ma vie peu de chance au hasard.

— C'est pourtant le hasard qui nous a fait nous rencontrer aujourd'hui.

Le sourire de Sophie s'élargit.

— Pas si sûr.

— Comment cela ?

— Vedettariat oblige, tu étais abondamment annoncé sur le catalogue du Salon de Cheux et dans la presse. Si ce salon, perdu en pleine campagne, fonctionne aussi bien c'est que, outre une excellente équipe de bénévoles, il bénéficie d'une bonne publicité et de l'amical appui des médias.

— J'aurais dû y penser !

— Tu regrettes mon hypocrisie, tu regrettes de m'avoir revue ?

— Coquine, bien sûr que non !

— Alors viens !

Nous sommes toujours sur le trottoir devant nos voitures. Elle s'empare de mon bras, me guide vers son immeuble. Nous y pénétrons. Elle habite au premier étage. Elle y est propriétaire d'un appartement spacieux au charme ancien. La résidence a été érigée au lendemain de la guerre, et il y triomphe des pièces hautes de plafond, d'agréables volumes agrémentés de meubles Louis-Philippe du plus élégant effet.

Je n'ai pas le temps d'apprécier tout ce qui m'entoure. Sophie est pressée. Elle dépose sur un guéridon mes deux derniers romans, que je lui ai dédicacés tout à l'heure, jette son manteau sur le dossier d'un fauteuil, pivote vers moi, enferme mes pommettes entre ses mains, attire mon visage vers le sien puis, sans me demander mon avis, m'embrasse avec une surprenante gloutonnerie !

Charmante gredine. Elle se sert, consomme, s'écarte de deux doigts pour reprendre son souffle, s'écrie : « J'ai faim de toi ! » avant de m'enlever vers sa chambre. Je le subodorais. Elle n'a pas changé, aussi sportive, aussi avide de performances qu'elle l'était à l'université de Rennes ! Ce qui s'ensuit ne mérite guère de commentaires. Je dirais en toute simplicité que j'ai obéi aux injonctions de ma belle, pas si belle que ça d'ailleurs, mais tellement spontanée, tellement gaie, tellement vivante ! J'ai ainsi pu vérifier que mes sens, qui se consumaient depuis le départ de Juliette, n'aspiraient qu'à renaître de leurs cendres. J'ai assumé mon rôle de mâle avec honnêteté, je dirais même avec un incontestable enthousiasme.

Puis ma valkyrie a éprouvé le besoin de récupérer un peu.

— Ç'a été ? m'a-t-elle alors demandé, soudain inquiète, en s'allongeant près de moi.

— J'ai connu des ouragans plus dévastateurs, ai-je répondu. Celui-là était un bon ouragan. Un ouragan bon enfant. Il m'a aidé à dresser un bilan de moi-même.

— Un bilan ?

— Laisse-moi ma part de mystère. En tout cas, merci, gentille maîtresse.

Un silence s'installe, épaissi par le regard perplexe de Sophie rivé sur moi. Il est quatre heures du matin. Le lit ressemble à un champ de bataille. Draps, couvertures, traversin, oreillers, dérivent au pied du lit et sur le sol. J'ébauche un sourire, me tourne vers la femme pelotonnée contre moi.

— Tu m'as dit, hier soir, que tu avais faim. A présent tu es rassasiée mais moi j'ai soif. Très soif. N'avais-tu pas envisagé de sabrer le champagne ?

28

Elle est partie en cours, tôt le matin. Elle m'a laissé un jeu de clés à glisser dans sa boîte aux lettres après mon départ, à moins que je ne veuille rester le temps qu'il me plaira. Je lui ai dit que c'était impossible, prétextant un rendez-vous avec un plombier devant me réduire une fuite d'eau dans mon appartement de Saint-Malo en début d'après-midi. M'a-t-elle cru ? Je n'en sais rien. Peu importe. Il y a des mensonges pieux. Je sais en revanche que je ne la reverrai qu'en de rares occasions, si je la revois, car à aucun moment je ne m'imagine tracer un semblant de route avec elle, et la bagatelle, même si elle a quelquefois des vertus hygiéniques et psychologiques, n'est pas pour moi un chemin de vie.

Tout en savourant un café brûlant dans sa cuisine, je réalise que, à aucun instant, nous n'avons évoqué notre passé d'étudiants, nos camarades communs, son quotidien, le mien, où nous en étions de nos menus destins. Nous ne nous sommes informés que de la bonne santé de nos sens, de leur capacité à exulter. Plus simple sera la missive que je rédige en ce moment pour la remercier de son enthousiaste accueil.

Chère Sophie,

Ces quelques mots pour te confirmer tout le plaisir que j'ai eu de partager avec toi des moments pour le moins chaleureux dans ton très beau chez-toi !

C'est avec émotion et plaisir que j'ai revu à Cheux l'une des plus grandes handballeuses et emballeuses de tous les temps ! (Je n'ai pu résister à ce hasardeux et puéril jeu de mots...)

Je te laisse ici, comme convenu, mes coordonnées. Nous aurons sans doute bientôt l'occasion de nous revoir. En cette attente, je t'embrasse très fort.

Romain.

Et pour une rare fois dans ma vie, je mens. Pardonnable mensonge. « J'oublie » d'ajouter en post-scriptum mes adresses mail, postale et mon téléphone. Sophie est à des années-lumière de mon idéal féminin. Ses manières rustiques, bien que flatteuses pour certains hommes, me sont étrangères.

Et tandis que les portes de l'appartement et de l'immeuble de la jeune femme se referment derrière moi, tandis que je claque la portière de ma voiture pour regagner Saint-Malo, je pense à Juliette. Juliette, si frêle, aujourd'hui, si pâle, que j'aime toujours, et qui a peut-être besoin de moi.

Les jours suivants m'ont vu déambuler dans les rues et sur les plages de ma cité corsaire. J'ai fréquenté quelques terrasses chauffées de cafés, quelques librairies où j'ai épluché du regard les titres des nouveautés de mes confrères, en quête de je ne sais quel déclic qui me permettrait de trouver un sujet pour entreprendre un nouveau roman. Car écrivain à temps complet, je ne peux m'appuyer sur un autre métier pour assurer mon gîte et mon couvert.

Je me suis attardé aussi rue de Dinan, dans la librairie de l'éditeur malouin Pascal Galodé, dans l'espoir d'y dénicher quelques ouvrages spécialisés sur la Bretagne et ses grands hommes que l'on trouve difficilement ailleurs. J'ai ainsi acheté des biographies de Surcouf, Jacques Cartier et Bertrand Du Guesclin écrites par deux auteurs dont je tairai le nom ici car ils me sont très proches puis, Pascal Galodé étant présent dans le magasin, nous avons disserté un moment sur le monde de l'édition en général et la difficulté pour un éditeur local de surfer et de s'imposer dans cet univers tout à la fois passionnant mais impitoyable pour les faibles.

Je l'ai félicité pour sa ténacité, son courage, je lui ai souhaité bon vent, bonne route, puis je suis rentré chez moi.

Et c'est là que, alors que la nuque écrasée sur le dossier de mon fauteuil, je fixais le plafond sans le voir, l'inspiration m'est venue, ou plutôt a bondi sur moi.

« Mon Dieu, je suis con ! Comment n'y ai-je pas pensé plus tôt ! »

Et, pris d'une exaltation subite, songeant à Shakespeare et pastichant le titre de son immortelle tragédie *Roméo et Juliette,* j'ai tracé sur un carnet celui de mon prochain roman : *Romain sans Juliette.*

Ce moment de grâce passé, je me suis redressé dans mon fauteuil pour mieux réfléchir à ce choix soudain, que je sais définitif. Ecrivain, jusqu'à ce jour j'ai toujours dans mes écrits cherché à démonter, à pénétrer, à m'inspirer des âmes, des existences d'autrui. L'un de mes professeurs de philosophie de Rennes, évoquant la mission des écrivains, et plus généralement des artistes de tout poil, aimait citer cette phrase, qu'il affirmait appartenir à Victor Hugo : « Je suis un verre de cristal posé au centre de l'univers pour en ressentir toutes les vibrations. » J'ai fait cette pensée mienne. A mon humble niveau, je traque mon prochain afin d'essayer d'en extraire toute la substantifique moelle, afin de chercher un sens à sa vie, et par là, à la mienne. Cette immersion, parfois profonde, dans la mémoire, dans le mystère de mes semblables, m'a jusqu'alors, au plan littéraire, plutôt réussi, si l'on tient compte de la fidélité de mon lectorat.

Et voilà que je décide d'abandonner l'étude de mes pareils pour me consacrer à moi-même ! Je vais m'enliser dans l'introspection, enfoncer des sondes dans mon ego, me mettre à l'écoute de mes petits bobos intimes, de mes banales interrogations, de mes insondables, terribles souffrances. Je doute de mon choix, mais je suis obstiné et je sais que j'irai jusqu'au bout. Et puis, dans ce qui sera, je l'espère, une réflexion sur l'amour, la fusion de deux êtres dans l'amour, le délitement de l'amour, la grandeur de l'amour, je ne serai pas seul. Il y aura Juliette. Juliette présente en moi, jour et nuit. En pratiquant le nombrilisme pour la première fois dans mon œuvre, je vais tenter aussi de disséquer l'âme de la femme que j'aime, et par là vérifier enfin si les écrivains qui offrent des pans entiers de leur vie privée en pâture aux lecteurs, et défendent ce choix en affirmant que lorsqu'ils parlent d'eux ils parlent inévitablement des autres, sous prétexte qu'eux aussi sont humains, ont raison ou non.

J'allume mon ordinateur. Je médite un moment. J'ai été oisif, incapable d'accoucher d'une ligne pendant plusieurs mois. Jacques Bourgouin est patient, mais j'ai pris beaucoup de retard. Trop. Je prends le risque : escamoter le premier jet rédigé jusqu'alors à la main sur papier pour plonger directement dans Word afin de rattraper le temps perdu. J'ouvre mes documents, entre en titre provisoire : *Romain sans Juliette*. Puis après avoir préservé le dossier, sans hésitation, j'entame le premier chapitre :

« L'Airbus en provenance de Doha atterrit sur le tarmac de l'aéroport international Suvarnabhumi de Bangkok à 16 h 05, heure locale. Une chaleur étouffante m'accueillit, alors que j'avais quitté la Bretagne, puis Paris, sous la neige et le verglas. »

J'interromps mon ouvrage. Une grande paix est entrée en moi. Je ne m'interroge plus sur le bien-fondé ou non du roman que je viens d'entreprendre. C'est pour moi un remède destiné à me guérir de mes angoisses, de mes doutes, de mes peurs. C'est, j'en suis sûr à présent, sans que je puisse en aucune façon le vérifier, pour moi une œuvre salvatrice.

J'éteins mon ordinateur, me lève. Je commencerai la rédaction demain. Je jette un regard circulaire à la pièce. J'y sens comme une présence. Je sens que Juliette est là. Elle est là en effet. Elle me regarde et me sourit.

Devant un projet de roman si différent de mes écrits précédents, j'ai dès le lendemain téléphoné à Jacques, mon éditeur, pour lui demander s'il serait preneur. Je lui ai expliqué mes intentions, sans lui préciser que j'ignorais pour l'heure quel serait le dénouement du livre.

Il a accepté sur-le-champ, me demandant un synopsis et un titre provisoire afin de m'adresser ensuite un contrat. Jacques Bourgouin est ainsi, ouvert, curieux, intuitif, avisé. Il me fait confiance.

Les deux mois qui ont suivi m'ont vu noircir des pages sur mon ordinateur. Juliette surgissait au détour de chaque phrase, de chaque mot, m'interrompait, s'insurgeait : « Ce n'est pas ça. Là tu te trompes, je ne suis pas celle que tu décris, tu devrais revoir ta copie. Tu flattes mon physique avantageux, mais tu passes à côté de moi quand tu visites, tu fouilles, ce que tu crois être mon âme. D'abord, ai-je une âme ? L'as-tu pesée, mesurée ? Ne serais-je pas plutôt une petite salope sournoise qui tisse sa toile autour de toi à ton insu avant de te laisser choir comme une insignifiante merde, une fois que j'ai fait le tour de ce que tu supposes être ton moi, ta personnalité et bien entendu tes incomparables performances sexuelles ? »

Il arrivait cependant que la virago disparût pour laisser le champ libre à la Juliette que j'aime. Et, assise sur un coin de mon bureau, penchée au-dessus de mon épaule pour surveiller le texte qui défilait sous mes doigts, elle respirait un peu plus fort, reniflait avec élégance, essuyait une larme qui parfois, me semblait-il, s'écrasait sur le clavier de mon ordinateur, et murmurait : « C'est incroyable ce que tu as pu m'aimer ! »

En vérité, j'étais seul, et les quelques larmes qui coulaient étaient les miennes se souvenant de mon bonheur perdu.

J'en étais arrivé à un peu plus de la moitié, écrivant avec une aisance et une fièvre démontrant que le travail sur écran ne freinait en rien mon inspiration créatrice, ce que j'avais toujours cru. J'en étais au moment où Juliette m'annonçait qu'elle me quittait quand le téléphone a sonné.

Dans l'écouteur une voix féminine que j'ai eu du mal à reconnaître tout de suite.

— Allô, Romain Le Garrec ?

— Lui-même. Bonjour.

— Bonjour, Eliane, Eliane Bourzeix à l'appareil. Tu te rappelles, une collègue de Juliette ? Nous nous sommes rencontrés à son anniversaire à Dinan, il y a deux ans.

Dix secondes de concentration pour me remémorer une grande fille maigre aux cheveux châtains coiffés à la garçonne, au visage anguleux mais souriant puis :

— Tout à fait, je me souviens parfaitement de toi. Nous avions passé une agréable soirée. Comment vas-tu, et quel bon vent t'amène ?

— Je vais bien, c'est Juliette qui va mal.

Une respiration qui s'arrête, un être prêt à défaillir. Une voix angoissée :

— Quoi ?

— Elle est en arrêt de travail pour plusieurs mois. Elle est partie dans une maison de repos. Elle est en pleine dépression.

Un silence.

— Romain, tu es toujours là ?

— Oui, excuse-moi, Eliane, ta nouvelle m'a coupé les pattes.

— Je m'en doutais. C'est pour ça que je te préviens. Je sais que vous êtes séparés. J'ignore pourquoi, et ça ne me regarde pas. Mais je sais aussi que tu étais très épris d'elle, et elle éprise de toi. D'ailleurs, au collège, personne ne comprend ce qui vous est arrivé.

— Vous n'êtes pas les seuls. C'est elle qui m'a quitté. D'une façon abrupte. A moi d'en tirer les pourquoi, les raisons et les conclusions. Mais ça, c'est personnel et c'est une autre histoire. Dans quelle maison de repos est-elle ?

Je sens qu'Eliane s'agite au bout de son portable. Sa voix s'emplit d'anxiété.

— Ça, je ne te le dirai pas. Elle ignore mon appel et elle serait furieuse si elle l'apprenait. Alors n'essaie surtout pas de la joindre ou d'aller la voir !

— Je te le promets. Peux-tu seulement me prévenir quand elle sortira ?

— Oui, mais ça peut demander du temps…

— Je veux bien le croire. Je l'ai croisée au printemps dernier dans la librairie Nouvelles Impressions de Dinard. Elle n'était plus qu'une ombre.

— Quel gâchis ! Une amie si enjouée, si charmante, et quel prof ! Ses élèves l'adorent. J'espère que son séjour en maison de repos lui fera du bien. Elle est jeune. Tout cela est bien injuste.

— Oui, vraiment. Merci, Eliane, pour ton appel.

Je l'imagine hochant la tête, son oreille collée à son portable.

— Je t'en prie. Dis-moi, tu écris quelque chose en ce moment ?

— J'ai un roman en cours.

— Ça parle de quoi ?

— De tout et de rien comme d'habitude, c'est-à-dire de toi, de moi, de nous, de nos cuisants échecs, de nos aspirations, de nos jours gris, de nos amours, de nos grands soleils. La routine quoi !

Un petit rire d'Eliane adoucit la conversation.

— Une routine qui fonctionne, remarque-t-elle. Ton dernier bouquin est partout, en vitrine des libraires et en piles dans tous les points de vente.

— C'est gentil de me redonner un peu de moral pour m'aider à poursuivre mon œuvre.

— Tu es en panne d'inspiration, en proie au doute ?

— Bien sûr, comme toujours !

— Je ne te crois pas. Quel sera le titre du livre que tu écris en ce moment ?

— Je ne te le dirai pas. C'est un secret. De toute façon, le titre n'est que provisoire.

— Bonne chance alors, à bientôt.

29

Dix jours durant, davantage peut-être, je suis resté en panne d'écriture, l'appel téléphonique d'Eliane m'informant que Juliette était entrée en maison de repos m'ayant terrassé. Pas au sens physique du terme. J'assurais toujours les tâches quotidiennes, mais au sens psychologique. Une fois encore, mon cortex refusait de fonctionner. Je connaissais pourtant par cœur l'histoire que j'avais à écrire. Pas besoin de notes, je l'avais vécue, et mon intention, à l'exception de quelques digressions censées faire croire aux lecteurs que cette œuvre était de pure imagination, n'exigeait aucun travail de recherche, aucune période de méditation et d'isolement dans des archives ou dans des bibliothèques.

J'avais en revanche besoin de m'interroger sur les motivations profondes qui avaient poussé Juliette à me quitter.

Le temps n'était pas venu. Utilisant les disponibilités que mon incapacité, que j'espérais temporaire, me laissaient, j'en profitai pour me débarrasser de courrier en retard, de charges administratives, de menues corvées qu'on reporte trop souvent au lendemain.

Quelquefois je m'isolais dans mon bureau. Là, immobile, n'allumant pas quand l'obscurité s'épaississait, je songeais à Juliette. A sa détresse. A son incroyable solitude.

La nuit, je fixais longtemps la fenêtre dont je ne fermais pas les volets, je me retournais mille fois dans mon lit à la recherche d'un bras, d'une main, d'une épaule, d'une joue amie. Puis, finalement, je m'endormais, Juliette blottie contre moi.

Puis je suis sorti de ma léthargie. Mon cerveau s'est rebellé, a réclamé son droit à la créativité.

Je me suis remis à écrire. De nouveau, les mots se sont précipités sous mes doigts impatients. En deux semaines j'ai bouclé les chapitres concernant ma solitude toute neuve, mes errances, l'incompréhension de mes parents devant le départ de Juliette, mes lecteurs me houspillant parce qu'ils avaient faim d'un prochain livre, de moi, de mon flicage dérisoire à Dinan sous les fenêtres de ma belle, Sophie si directe, si vivante, si décomplexée que je ne reverrais jamais. L'annonce, enfin, de Juliette en maison de repos.

Et soudain, j'ai pris conscience que mon livre n'était pas fini et ne le serait peut-être jamais.

J'avais deux écueils à surmonter. Le premier, auquel je ne répondais qu'en partie, était : pour quelle raison véritable, profonde, cachée, Juliette avait décidé de me quitter. Le second : comment trouver une fin à ce livre pour le rendre crédible auprès d'un lectorat potentiel.

J'ai quitté mon bureau où je venais d'achever mon dernier chapitre, et je suis allé dans ma chambre. J'ai ouvert le tiroir de ma table de chevet, j'en ai sorti la lettre que m'avait laissée Juliette au moment de son départ, je l'ai lue et relue à plusieurs reprises, fouillant, épluchant chaque mot, m'efforçant de découvrir, avec le secours des pleins et déliés, le secret du mal-être de Juliette, le secret de son départ.

Des bribes de phrases m'ont interpellé, m'ont giflé en plein visage, anéanti :

Je t'ai aimé avec passion, avec déraison (...) Je ne t'aime plus. Je te quitte donc (...) ma décision est définitive (...) je te souhaite de rencontrer un jour une femme plus adulte, plus achevée que moi (...) je ne t'aime plus, mais je ne t'oublierai jamais.

On ne vit pas plus de quatre ans avec une femme sans porter au final, avec tous les risques d'erreur possibles que cela suppose, un jugement sur elle. Selon la passion, la force des sentiments, le simple intérêt qu'on lui témoigne, ce jugement est différé, voire faussé.

L'adage : « L'amour rend aveugle » est particulièrement juste. J'aimais Juliette, et je lui prêtais toutes les qualités, toutes les vertus. A aucun moment, avant qu'elle ne m'abandonne, je ne me suis penché sur son moi secret.

Je l'aimais, elle m'aimait, c'était pour toujours. Un point, c'est tout. Alors que je passe mon temps à disséquer, épier mes semblables dans le but de les camper dans mes romans, je suis resté, et je reste encore, d'une passivité coupable en ce qui concerne Juliette.

Jamais je n'ai espionné son cœur. Or, aujourd'hui, j'ai besoin de savoir, besoin de tirer des conclusions sur le cinglant échec de ce qui avait débuté comme un délicieux ouragan.

Je suis retourné dans mon bureau. J'ai saisi une feuille de papier, un stylo, ouvert la fenêtre en grand pour écouter le vent, le ressac de la mer, le cri des mouettes et des goélands, pour humer les bonnes odeurs d'iode et de goémon, puis je suis allé m'asseoir dans mon fauteuil afin de prendre des notes. Titre : Pourquoi nos rapports se sont-ils dégradés ? Pourquoi Juliette m'a-t-elle quitté ? Raisons sur lesquelles il faudra nécessairement revenir : sa stérilité, la perte de son désir, avec pour conséquence l'espacement de nos prouesses amoureuses. Possibilité aussi que ces rapports intimes symbolisant la procréation dans toutes les espèces animales lui aient rappelé avec trop de violence sa stérilité.

Si l'on ajoute à cela sa mère ayant perdu la tête et une sœur ayant déserté le foyer familial…

Puis j'ai cessé de noter. A quoi bon ? Il manque l'essentiel dans cette froide, glaciale étude. Il manque la finesse, l'intelligence, la générosité de Juliette, la douceur, la tendresse de son regard quand il m'enveloppait, m'emprisonnait tout entier.

Une autre note titille ma matière grise ; elle éclairerait les précédentes et expliquerait les causes du départ de Juliette, mais elle reste du domaine des supputations, et je ne dois asseoir mon raisonnement que sur des certitudes.

Et comment conclure ce morceau de vie à deux, rompu pour laisser place à deux solitudes, deux échecs troublants, déchirants ? Jusqu'alors, m'appuyant sur l'observation d'autrui, inventant des personnages de fiction ou m'introduisant dans le secret de personnages ayant vraiment existé dans le passé, je n'avais aucune difficulté à trouver une conclusion faisant rebondir l'action jusqu'au terme du livre en cours.

Aujourd'hui, j'affronte mon nombril, celui plus affriolant, ô combien plus séduisant de Juliette, et me voici en panne d'inspiration.

Que vont devenir Juliette et Romain ? Je dois inventer une fin à une histoire que je ne contrôle plus.

Deux idées ont effleuré mon esprit, sitôt balayées d'un trait de stylo rageur sur le carnet : 1) de retour de maison de repos, ne pouvant affronter les rigueurs de la vie, Juliette s'ouvre les veines et meurt. 2) de retour de maison de repos, Juliette s'endort un soir au volant de sa voiture, et se réveille dans un hôpital. Handicapée et condamnée à finir ses jours dans un fauteuil roulant, elle accepte que je la recueille et que je m'occupe d'elle, ce que, bien entendu, je ferai avec ferveur, avec une tendresse telle qu'elle me concédera en échange à nouveau un peu d'amour !

Je contemple la feuille raturée avec amertume et ironie. Le Garrec, tu es nul ! Ta source romanesque est tarie, tu es mauvais, prévisible et, pire que tout, heureux de l'être ! Comment oses-tu coucher de telles inepties sur du papier ?

Je me redresse d'un bond, mon fauteuil culbute et s'échoue sur le sol. Je ne le remets pas en place. Je quitte la pièce à pas précipités, pas qui s'enchaînent ensuite deux heures durant, sur les remparts, les plages, les quais de Saint-Malo, accompagnés par les cris aigus des goélands, les crissements du vent dans les haubans des bateaux, la clarté d'un pâle soleil de janvier heureux de répandre ses bienfaits sur la cité assoupie.

Et soudain, alors que j'aborde le quai Solidor de Saint-Servan, l'idée me vient. Elle vaut ce qu'elle vaut. L'avenir le dira. Elle a le mérite en tout cas de se fondre dans le flux du récit. Pour l'heure, je dois attendre. Attendre l'appel d'Eliane m'annonçant que Juliette est de retour chez elle.

30

Avril 2014

Je suis à Paris depuis quelques jours. J'ai déjeuné avec Jacques. Il m'a demandé des nouvelles de mon manuscrit. Je lui ai répondu que j'avançais, restant évasif sur sa date de livraison tout en lui confirmant que le texte serait prêt dans les délais prévus dans le contrat.

J'ai revu aussi Aline et Pierre. Je leur ai annoncé que Juliette était en maison de repos. Ils m'ont avoué avec gravité et tristesse qu'ils étaient au courant. Puis nous avons parlé d'autre chose, car nous nous savions impuissants à aider la jeune femme.

Mon portable a sonné, alors que j'étais dans un train qui me ramenait à Saint-Malo.

— Romain ?

— Oui.

— Bonjour, beau ténébreux. Eliane. Je t'apporte des nouvelles comme convenu. Juliette est rentrée chez elle. Elle est passée me voir. Elle semble aller un peu mieux, et elle reprendra ses cours à la rentrée des vacances de Pâques.

— Ah, merci de me prévenir, ma grande. C'est gentil. Donc, elle va mieux ?

Un petit silence réfléchi puis :

— C'est en tout cas l'impression qu'elle me donne, mais tu sais quand on touche à la dépression, une dépression aussi profonde que la sienne, il est difficile même pour les psychanalystes d'établir un diagnostic définitif. Une rechute est toujours envisageable.

— Touchons du bois pour que cela soit enfin enrayé.

— Tu as raison. Mais, dis-moi, tu n'as pas l'intention d'aller la revoir, j'espère ? Elle serait furieuse.

— Je te rassure tout de suite, je n'irai pas. D'ailleurs, je te l'avais promis quand tu m'as appelé la première fois.

— C'est vrai, je me souviens... Bon, voilà les nouvelles. Et toi, tu vas bien ? Ton roman avance ?

— Doucement.

— Tu ne veux toujours pas me dire le titre ? Je n'en parlerai à personne.

— Je ne risque pas, je l'ignore encore. Je suis dans une ornière.

— Dis-moi, j'entends un bruit de fond caractéristique, et l'écoute est mauvaise. Ne serais-tu pas dans un train par hasard ?

— Gagné ! J'étais à Paris et je rentre chez moi.

— Alors je te laisse. Bonne chance, Romain, et prions pour que notre Juliette aille mieux !

— Je ne joindrai pas mes prières aux tiennes, car je ne crois pas au ciel, mais moi aussi je souhaite de toutes mes forces qu'elle s'en sorte enfin. Merci de m'avoir prévenu. Bonne chance également à toi, chère Eliane. Je t'embrasse.

Le temps est venu. Huit jours se sont écoulés depuis mon retour de Paris. J'ai replongé dans mon roman. Page après page, je reviens sur l'ouvrage, traque les répétitions, la syntaxe, les adverbes et adjectifs inutiles, taxés à juste titre d'embonpoint de l'écriture, m'efforce de dynamiser une histoire qui, avec le recul, m'apparaît bien pâle, bien insipide. Qui suis-je ? Où vais-je ? Ces questions m'ennuient. Je préfère sans hésitation : qui êtes-vous ? Où allez-vous ? Pourtant, je ne renie pas ce que j'ai écrit. Cela m'a permis de rester auprès de Juliette, de lui avouer la force de mes sentiments, la splendeur de ma solitude, la puissance de mon désespoir.

Car ma décision est prise, je vais lui envoyer ce texte inachevé. Lui demander de le lire, lui demander de me dire ce qu'elle en pense, comme elle le faisait naguère quand nous étions ensemble. Lui demander si elle a une idée pour que je puisse enfin m'acheminer vers le mot « fin ».

Lui demander surtout si elle accepte que ce récit paraisse alors qu'il nous écorche, nous met à nu, nous livrera en pâture à un vaste public.

Un mois encore de corrections, de doute, d'exaltation. De points d'interrogation, puisque, pour la première fois de ma vie, je cherche un dénouement à un roman.

Je cesse là. Je reviendrai sur le métier quand Juliette aura lu cet ouvrage. Si elle consent à le lire. Si elle me répond. Ce qui est loin d'être certain.

Je prends une grande enveloppe matelassée, y inscris l'adresse de la jeune femme à Dinan, puis je joins une feuille sur laquelle j'ajoute quelques mots d'explication :

Juliette,

J'ai écrit cette histoire que nous avons vécue ensemble sans rien y changer. Je me permets de te l'expédier pour que tu me donnes ton avis, et surtout que tu me proposes une fin romancée, car notre idylle, interrompue si brutalement, m'a coupé toute inspiration créatrice.

Je comprendrai cependant que tu ne me répondes pas. Je comprendrai aussi que tu refuses que ce livre soit publié.

Si tu acceptais, je serais, bien entendu, prêt à modifier les dates, les lieux, les noms, etc. afin qu'on ne remonte pas jusqu'à nous, jusqu'à toi.

J'espère un signe de ta part.

Souvenirs.

Romain.

31

Juliette a repris ses cours. Elle a mon manuscrit depuis quelques jours, a certainement pris le temps de le lire. J'en frémis à chaque fois que j'y pense. Quel sera son verdict ? Y en aura-t-il un ? Me répondra-t-elle ? Je ne sais. J'attends. Que faire d'autre ?

J'ai participé à plusieurs salons littéraires dans l'Ouest, dont celui, toujours sympathique et très bien organisé, de Montaigu, évitant les autres afin de rester près de mes bases au cas où Juliette m'adresserait un signe.

Entre-temps, je rassemble des documents en vue d'un prochain roman, si celui que j'ai en cours ne voyait pas le jour en raison d'un refus de Juliette. Et puis je savoure de petits plats que me mitonne Lisa, toujours aussi attentive, aussi dévouée, aussi parfaite. Ainsi, deux fois par semaine, avant de partir, elle pointe le bout de son nez plutôt mignon par la porte entrouverte de mon bureau, m'informe que mon déjeuner m'attend dans le four ou sur la table de la cuisine, puis elle disparaît à pas de loup pour ne pas déranger le « maître » qui écrit de si étonnantes histoires. Car, à tort ou à raison, elle lit désormais tous mes livres, et me voue une sorte de culte qui, ma lucidité aidant, me gêne plus qu'il ne me flatte. Je connais mes qualités et mes défauts littéraires. Une chance, elle aime son mari, ses enfants et, à aucun moment, elle n'essaiera de me séduire. Elle est spontanée, adorable, voilà tout.

Et j'en profite en dégustant ce midi, grâce à elle, une blanquette de veau aux exquises saveurs, accompagnée d'un riz basmati et d'un petit côtes-du-rhône, frais à souhait, ayant pour mission de m'aider à aborder une journée aussi morne, aussi banale que les précédentes.

Un plateau de fromages et un café plus tard, alors que je m'apprête à aller faire une marche digestive sur le Sillon, l'interphone sonne.

J'appuie sur le bouton.

— Allô ?

— Juliette.

— Entre !

J'enclenche le déclic de la porte d'entrée du rez-de-chaussée, ouvre la mienne, m'avance, le cœur battant, sur le palier. Des pas montent, pondérés, effleurant chaque marche au passage. Nous sommes mercredi. Juliette ne travaille pas ce jour-là. Elle doit me rapporter elle-même mon manuscrit !

La voici enfin devant moi. Ses vêtements ont choisi les couleurs du printemps. Elle porte un tailleur léger d'un vert tendre, avec un corsage rose et un ciré marin d'un jaune vanille éclatant. Un chignon, savamment façonné, souligne qu'elle a dû aller chez le coiffeur ce matin. Dans une de ses mains, elle tient un paquet contenant probablement mon livre.

Nous sommes toujours sur le palier. Statufiés. Face à face. Silencieux. Nous nous observons. Nous nous scrutons plutôt. Nous nous défions du regard. Nous nous abreuvons à la source de l'autre. Elle a peur. Je suis épouvanté. Que dois-je faire ? Que va-t-elle faire ?

Elle est amaigrie, pâle, des ridules se fraient un chemin autour de ses yeux. Elle oscille devant moi comme si elle avait des difficultés à conserver la station debout. Elle a vieilli. Je l'aime. C'est ainsi.

Elle prend la parole enfin, brisant le temps qui s'était figé :

— Bonjour, Romain, je te rapporte ton manuscrit.

Puis elle s'approche d'un pas, effleure ma joue d'un baiser rapide avant d'ajouter :

— Je l'ai lu.

Je lui rends maladroitement son baiser, m'efface devant elle pour lui ouvrir l'accès à mon appartement.

— Entre, je t'en prie.

Au passage, je pose une main sur une épaule sur laquelle toute trace de chair a disparu. Nous nous installons dans le salon, elle sur le canapé, moi dans un fauteuil, car je tiens à la regarder, à guetter ses réactions, à tenter de déchiffrer ce qu'elle pense vraiment, et surtout à être suffisamment loin d'elle pour éviter de commettre des gestes de tendresse qui pourraient être irréparables.

— Que puis-je t'offrir ? Un café ?

— S'il te plaît.

Je me lève, me dirige vers la cuisine pour préparer deux *Senseo*, les rapporte bientôt, fumants. Me voilà de nouveau enfoncé dans mon fauteuil. Elle n'a pas bougé d'un pouce. Talons, chevilles et genoux sont toujours joints devant le canapé et le manuscrit toujours posé sur ses cuisses.

Je pointe mon menton vers l'ouvrage.

— Alors ?

Juliette achève la tasse de café qu'elle avait portée à ses lèvres, la contemple un moment avant de se décider à la remettre sur la table de salon puis elle relève le front, livre à mon regard le lumineux éclat de ses yeux, cet éclat qui m'a annexé dès le premier instant, et qui, plus que jamais, hante mes nuits et mes jours.

— Alors, je suis très mal placée pour te donner un avis puisqu'il s'agit de nous, donc en partie de moi. J'ignore si le lecteur te suivra dans tes escapades amoureuses ; en ce qui me concerne, tu m'as transpercé le cœur, et me voilà.

— Te voilà ?

— Oui, ma présence, si tu l'analyses bien, t'apporte la clé pour conclure ton roman.

— C'est-à-dire ?

Juliette libère mon manuscrit de son emballage, l'élève vers son visage, plaque ses lèvres sur la couverture, puis elle se tourne vers moi.

— Je t'aime ! Je t'aime toujours !

Des larmes dévalent brusquement sur ses joues, tracent un ruisseau dans son cou, souillent le joli corsage rose.

Je n'ai pas bougé. Je ne peux pas bouger. Je suis hypnotisé. La révélation est trop grande, trop inattendue.

Elle non plus ne bouge pas. Elle a autre chose à faire. Elle est à l'heure des explications.

— Ce qui m'a frappée dans ce livre, c'est l'irrésistible passion qui l'habite, et j'ai du mal à imaginer que je suis le moteur de tout ça ! Nul ne mérite d'être aimé ainsi.

— C'est pourtant ce qui est arrivé. Pourquoi m'as-tu quitté ?

L'eau sur sa figure et dans son cou s'est tarie. Une larme hésite encore entre ses longs cils noirs. Elle la tamponne avec légèreté à l'aide d'un mouchoir sorti de son sac à main. Elle respire mieux à présent. Elle range son mouchoir, dégage ses épaules vers l'arrière, se campe sur la pointe des fesses, cambre la taille. Il en faudrait peu pour qu'elle retrouve le port altier, le port irrésistible d'hier qui me faisait tant divaguer.

Elle plonge ses yeux dans les miens, sourit.

— Parce que je t'aimais !

— Curieuse manière d'aimer !

Elle hoche la tête avec une touchante gravité, se concentre, explique :

— Voilà, tu l'exposes bien dans le livre. Je voulais des enfants avec toi, un prolongement de nous avec eux. Résultat, je suis stérile, puis je suis devenue frigide. L'aliénation de ma mère n'a pas arrangé mon moral ni mon appréhension, une hérédité possible aidant me portant à croire que ce qui lui est arrivé pourrait peut-être aussi m'arriver un jour. J'ai alors pensé que si je restais avec toi, sans rien t'offrir en retour, je ferais ton malheur. Tu es encore jeune, tu pouvais avoir des enfants avec quelqu'un d'autre, refaire ta vie. C'est la raison pour laquelle je t'ai quitté.

— Et les : « tu ronfles », et la chambre à part, et tous ces petits gestes avant-coureurs du couple qui se délite, pourquoi tout ça ?

— Pour que tu te détaches de moi, pour que tu me trouves chiante, pour que tout soit plus facile pour toi au moment de notre séparation.

— Résultat, en te sacrifiant tu m'as sacrifié. J'ai cru mourir mille fois...

Un silence s'installe. Nous nous regardons. Nous nous sourions. Nous sommes sur la crête d'une montagne. Un mauvais mot, une expression maladroite, et nous basculerons dans le vide. Un sang impétueux court en moi, bouscule mes artères, mes veines, cogne mes tempes, m'informe que je veux recommencer à exister. Bordel ! Je dois être tout rouge et Juliette va s'apercevoir de mon émoi !

— Alors, que faisons-nous ? Je dois trouver une fin pour mon livre.

— La fin, tu l'as devant toi. Je t'aime, je t'ai toujours aimé, mais je ne puis t'apporter que des désillusions et du malheur. Le choix est évident.

Je me lève enfin. Je m'approche de Juliette, m'agenouille devant elle, enroule mes bras autour de ses cuisses, enfouis mon visage dans son giron, murmure :

— Je préfère le malheur avec toi que sans toi.

— Mon amour !

Elle soulève ma tête avec douceur, se penche, entrouvre mes lèvres, y glisse une petite langue brûlante, avide d'hier, d'aujourd'hui, avide d'infini.

Je me redresse, l'attire vers moi. Nous sommes debout, l'un contre l'autre, unis par la grandeur d'un baiser. Mes bras enserrent ses épaules, sa taille. Avec prudence. Elle est devenue si menue, si fragile. Je crains de la briser.

Epilogue

Trois semaines déjà que Juliette est de retour. Le jour même où elle m'a rapporté mon manuscrit, devinant que je l'implorerais de rester, elle avait tout prévu : ses cours, du linge de nuit et des vêtements pour le lendemain. Et depuis trois semaines nous vivons dans une sorte de paisible félicité. Nos doigts entrelacés nous rassurent, nos escapades dans les restaurants et crêperies de Saint-Malo me démontrent que Juliette a repris de l'appétit. Au diable le passé ! Elle savoure le bar grillé, les moules à la marinière, la pintade farcie, le saumon à l'oseille et, la bouche pleine, les yeux emplis de lumière, de joie, elle me sourit et au-dessus de la table, des tables, volent vers moi de radieux baisers.

Il faudra quelques mois pour qu'elle recouvre ses charmants kilos d'antan, et pas que du superflu, car elle s'est remise au sport. Nous pratiquons le tennis deux fois par semaine et déjà ses gestes sont plus sûrs, la raquette moins pesante dans ses mains affaiblies.

Nous avons aussi révisé les gestes de l'amour. Dans le lit aux draps grands ouverts, plus de fantastiques combats, d'incroyables prouesses. Non. Je sais que Juliette n'éprouvera plus jamais d'orgasme. Nos ébats se sont donc métamorphosés. Nous voici au temps de la tendresse. Du recueillement. De l'éblouissement en songeant que nous sommes de nouveau ensemble. L'un dans l'autre. Que nous sommes l'autre.

Que serions-nous devenus si je n'avais pas jeté ce livre comme une passerelle entre nous ?

Je n'ose y penser.

Dès le lendemain du retour de Juliette, j'ai repris la rédaction du manuscrit. Trois chapitres m'ont suffi pour le terminer. Je l'ai ensuite confié à Juliette afin de recevoir son avis. Après l'avoir lu, elle s'est approchée de moi, m'a serré dans ses bras, m'a simplement dit :

« Quand je pense à tout ce temps perdu, à tout ce chagrin, engendré par ma faute, parce que je craignais de devenir une charge pour toi, et que je cherchais à tout prix à te donner une nouvelle chance en te quittant ! »

Me voici seul aujourd'hui, je devrais dire cette nuit, car il est quatre heures du matin. J'ai déserté notre couche pour venir m'asseoir devant mon ordinateur. La rubrique « mes documents » allumée, je regarde l'histoire de Romain et Juliette défiler devant mes yeux. J'ai longtemps hésité avant de prendre une décision. C'est fait. Je n'y reviendrai pas. En quelques touches le texte disparaît de l'écran. J'efface ensuite un double que, par précaution, j'avais mis sur clé USB.

Reste l'épreuve sur papier que possède Juliette dans l'un des tiroirs de son bureau. Je lui expliquerai ce que je viens de faire. Je lui expliquerai que les grandes peines doivent rester muettes, disparaître pour nous permettre de mieux reconstruire ensemble un grand morceau de vie. Je lui demanderai donc de me laisser brûler ce manuscrit.

J'espère qu'elle acceptera.

En ce qui me concerne, je ne suis pas inquiet pour mon œuvre littéraire de demain. Les idées, les synopsis de romans affluent. Avec Juliette, j'ai retrouvé équilibre et forces créatrices.

Je regagne notre chambre. Juliette dort profondément. Je m'allonge près d'elle. Une main alanguie rampe vers moi, se réfugie sur ma poitrine.

— Tu m'avais abandonnée ?

— Bien sûr, mon cœur. Tu me connais, je suis versatile, infidèle, inconstant. Non, j'étais dans mon bureau. Un peu de travail en retard.

Un petit soupir d'aise, un bras qui m'enlace, une voix qui s'élève dans la tiédeur de la nuit :

— J'ai rêvé de notre voyage en Italie prévu cet été : la Toscane, ensuite la visite approfondie de Rome. C'était divin. Tu es toujours d'accord ?

— Oui.

— J'ai réfléchi aussi à un titre pour ton bouquin : *Les hommes ont le droit d'aimer.* Qu'en penses-tu ?

Elle n'attend pas de réponse. Son souffle régulier, paisible, caresse l'une de mes joues. Elle s'est rendormie.

Juliette est revenue.

Remerciements

Merci à Jocelyne et Jean Delange, amis de toujours, qui m'ont autorisé à évoquer ici le saisissant et poignant destin de leur fille Natacha.

Merci à Kayenne et Loïc Josse, animateurs inspirés de la Droguerie de Marine à Saint-Servan.

Merci à tous ceux, notamment à certains de mes lecteurs, dont j'ai parfois perdu les noms, qui m'ont pourtant inspiré quelques-unes des moins mauvaises pages de cet ouvrage.

Merci à tous ceux qui, de près ou de loin, m'ont apporté le tissu humain dont j'avais besoin pour créer mes personnages. Ils se reconnaîtront, même si, au final, ce roman est une pure fiction.

MIXTE
Papier issu de sources responsables
FSC® C003309

Composition et mise en pages
Nord Compo à Villeneuve-d'Ascq